ことのは文庫

カナシミ水族館

心が泣き止む贈り物

夕瀬ひすい

MICRO MAGAZINE

目次

Contents

カナシミ水族館

心が泣き止む贈り物

1．瑠璃色の亀裂音

生きていく上で、悲しみなんて必要ない。

過去は所詮過去で、私たちはいつだって未来に向かって歩いている。それなのに、心の傷から生まれたそれは後ろから腕を伸ばし、進もうとする足を掴む。悲しみなんてものがあるから、人は前に進めないのだ。

もし神様がいたとして、どうして人間にこのような感情を与えたのだろうか。もし自分の中の悲しみを売れたとしたら、喜んで私は売るだろう。いや、むしろこちらがお金を払って引き取ってもらいたいくらいだ。

左側からぬるい風が吹き、ボブの髪を揺らす。少し前から鳴き始めた蝉の声が、グラウンドに面した窓から流れてくる。窓際の席は落ち着くけれど、この季節になるとなかなか騒がしい。休み時間の教室と負けず劣らずの喧騒だ。

空を眺めると、一羽のカラスが飛んでいた。誰にも縛られずに青空を舞う存在。どこまでも続く空を、何にも遮られずに飛んでゆく。羨ましいな。私もそんな風に生きられたらどれだけ楽だろう。

梅雨明けの七月。期末テストの成績は上々。百点なんて取れないけれど、どの教科もそつなくこなせた方だと思う。勉強は苦しいけれど、そこまで嫌いではなかった。ただひとりで黙々とやれるし、それが自分に必要なことだと理解できている。

だから、高校生活が楽しくなくても、クラスでやや浮いていたとしても、誰かに咎められる筋合いはないはずだ。学生の本分は勉学なのだから。どうせ来年になれば、みんなも目の色を変えて同じことをしているに違いない。私はそれを先取りしているだけ。

夏は、そこまで好きじゃない。景色が綺麗なのは嬉しいけれど、太陽の光が強すぎる。私に小麦色の肌は似合わないから、日焼けするのは大嫌いだ。あの肌がじりじりと焦げ付くような感覚が、自分を損なっていくようで。やっぱり私は、過ごしやすい春と秋の方が好きだ。

それに、何というか「夏は楽しいものですよ」と見えない圧をかけられているような、あの夏苦しさが苦手なのだ。花火とかバーベキューとか、大人数でワイワイ過ごすのが好きな人たちからすれば最高なのかもしれない。

けれど私には関係ないものだ。私はもう、海になんて行きたくない。誰だって好みがあるのだから、多数派と意見が違っていても放っておいてほしい。

もうすぐ夏休みが始まる。ひとりの時間が増えるのは嬉しいけれど、多すぎるのも困りものだ。最初は楽しいけれど、数週間も経てば時間を持て余してしまう。学生は、学校生活という規則正しい生き方に慣れすぎている。私たちは自由に憧れるけれど、自由との付き合い方なんて誰も知らないのかもしれない。

今年は本をたくさん借りることにしよう。どこか涼しくて綺麗な場所へ行って、写真を撮るのもいい。

カメラは好きだ。不変の形を残すことができるから。

日常生活の中で、ふと自分の心を奪う何か。足元に咲いていた何かの花を綺麗だなと思っても、一分後にはその存在すら忘れてしまう。その儚さも、写真に収めれば忘れずにいることができる。最近はスマートフォンのカメラ機能もかなり進化しているけれど、やっぱりカメラがいい。

「りーつっ」

「ん」

私を名前で呼ぶ人間なんて彼女しかいない。その声に振り向くと、今年転校してきた唯一の友人、三宅《みやけ》あかりが立っていた。

さらりとした艶のあるポニーテールに凛々しい目つき、背が高くてスポーツは何でもそつなくこなす、可愛いというよりも格好いいという言葉が似合う女の子。けれどきつい性格ではなく、どちらかといえば結構ゆるいところがある。

一時期は、「平井律《ひらいりつ》と三宅あかりは付き合っている」という噂が立っていたらしい。無茶苦茶な噂に呆れるものの、確かにそれも分からなくはない。あかりのファンを探せば、女子の中にもそこそこ見つかりそうだ。同じ人間でも、こうも違うものかと感じさせられる。

「最近ますます暑くなってきたね。もう八月並みの気温らしいよ」

「嫌だな。早く夏が終わってほしい」

「律、暑いの嫌いだもんね」

「うん。暑くないならいいんだけど」

「北海道《ほっかいどう》ならまだ涼しいかもねえ」

「羨ましい……」

そんな会話をしていると、数人の女子たちがこちらへやってきた。私に用はないだろうから、目当てはあかりだろう。ああ、何だか面倒くさいことが起こりそうな予感。

自分を中心に形成されている警戒の磁場のようなものが、接近に反応して一層強くなる。心がぐぐっと、ここではないどこかへ遠ざかる。

「あかり、今度みんなで遊ぼって話なんだけど来ない？」

「うん、行くー」

そのやりとりが終わった瞬間、居心地の悪い一瞬の間が生まれる。

私の空間にびりりと細い電流が流れる、そんな感覚。

彼女の視線がすっと私を捉えた。

ああ、来る。

「平井さんも来る？」

銃口を向けられているような居心地の悪さに、強いストレスを抱く。

「いや、私はいいかな」

「そっかー、残念。また今度ね」

言葉とは裏腹に、あまり残念ではなさそうな声で彼女は言った。そうして自然な流れで彼女たちは場を去っていった。

不毛なやりとりだ。どうせ向こうも誘う気などないのだから、声をかけなければいいのに。そう思うものの、相手だって社交辞令というものを考えるから仕方ないか。それでも、別に今じゃなくてあかりがひとりの時に誘えばいいのに。こんなことを考えてしまうから駄目なのかな。

高校に入ってから、クラスの女の子たちと遊んだことは一度もない。プライベートに介入されるのが嫌だからだ。

あかりとすら、時々学校帰りにどこかへ寄るくらいで、休日に遊んだことはない。何度も誘ってくれているのに申し訳ないけれど、他人を自分の心の中に入れたくないのだ。誰だって、人に入ってほしくない心の領域というものがある。

ずっと仲よしでいようなんて綺麗事だ。不変の心などありはしない。

人を信じて裏切られるくらいなら、最初から何も期待せず、心を閉ざしていればいい。

それが十七年を生きて学んだことであり、私の処世術だった。

心を許すということは、他人に大事な宝箱の鍵を渡すということ。そんなものを渡すから、中をめちゃくちゃに荒らされてしまうのだ。大事なものを損なわれたくなければ、初めから鍵を渡さなければいい。

心の距離を縮めれば縮めるほど、お互いが握っているナイフと首筋の距離も縮まっていく。自分にとって大事な存在になるほどに、それは自分をより深く傷付けられる存在にもなっていくのだ。

一年生の頃は、ひとりも友達がいなかった。二年生になり、あかりと出会った。この子にだけは少し気を許しているけれど、仲よくなりすぎないよう心がけている。そんなことをしていれば見限られてもおかしくないのだが、彼女はずっと私の側にいてくれる。それを嬉しく感じると同時に、ちょっと居心地が悪かった。

私なんかによくしないでほしい。私はその信頼に応えることができないのだから、何も期待しないでほしい。私に向けられる彼女の爽やかな笑顔を見るたびに、胸の奥がもやっとしてしまうのだ。

どうして、あかりは私なんかと一緒にいるのだろう。

「ん？　どうしたの」

人当たりがよく気配りができる彼女なら、どのコミュニティでもやっていける。人に愛される才能があるのだ。わざわざ無愛想な私と一緒にいるよりも、そっちで過ごす方がよっぽど楽しいはずだ。

それとも、何か私といる理由があるのだろうか。

何にせよ、それを聞く勇気なんてない。聞けば今の関係が壊れるリスクが生まれるけれど、何もしなければ現状維持でいられる。それでいい。余計な苦しみなんて、わざわざ背負いにいく必要なんてない。

けれど、やっぱり考えてしまう。

あなたは、私のことをどう思っているの？

「いや、何でもないよ」

「そう？」

その気持ちを隠すように、ぱたりと数学のノートを閉じた。

授業が終われば、この窮屈な場所に残る理由はなくなる。私とあかりは部活をやっていないから自由の身だ。

廊下を通る生徒たちは、何だか活気に満ちている。明日が土曜日だから、いや、期末テストが終わり、もうすぐ夏休みという解放感がそうさせるのだろうか。どうしてみんな、あそこまで元気なのだろう。学生生活とは、そんなにも楽しいものなのだろうか。

下駄箱で靴を履き替えて外に出る。空にはこれでもかというほどの雲が垂れ込めていた。面白みのない灰色は見ていて心が滅入る。これならまだ快晴の方がましだ。

肌を覆う蒸し暑さにうんざりしていると、ランニングをしている男子たちとすれ違う。すごい熱気だ。近くを通り過ぎるだけで気温が上昇した気がする。

あれは何部だろう。もう走り込みをしているということは、ショートホームルームが終わってすぐに集合したのかな。よくそこまで必死になれるものだ。彼らにとって、部活動とはそんなにも大切なものなのだろうか。私にはよく分からない。

「ひい、よくやるねえ彼らは」

あかりは手で頬を扇ぎながら感想を言う。彼女は運動神経がいいけれど、特にスポーツが好きな訳ではないらしい。体育の授業ではよく頼りにされているが、本人は「争い事って向いてないんだよね」と言う。

争い事。確かにスポーツは争い事だ。ルールの中で相手を打ち負かすことが許される争いの場。あかりと気が合うのは、彼女が物事における攻撃性を好まない性格だからかもしれない。

「あれ、何の部活かな」

「グラウンドで走ってないってことは……バレー部とか？　うーん、分かんない」

「すごいね。こんなに暑いのに」

「青春だねえ。あの若さが眩しいよ」

「自分も同年代でしょ」

「あはは」

青春。嫌いな言葉だ。夏よりも押しつけがましいもの。高校生は青春をしなければならない。きらきらしていなければならない。そんな圧がひしひしと感じられる。

恋愛だの部活で日本一《にほんいち》を目指すだの、確かにしないよりはした方がいいかもしれないけれど、だからといってしないのが悪いみたいな風潮が不愉快だ。別に青春をしたいなんて言っていないのに、どうしてそれを強制されなければならないのだろう。

休日、ひとりで写真を撮りにいくと言えば、決まって「もっと青春しなよ」と言われる。カメラは私にとって大切な趣味だ。その楽しさすら否定されているみたいで、何とも癪に障る。強がりなんかじゃなく、ひとりでも楽しめているのだから放っておいてほしい。

正門を出て、道路沿いの歩道をゆっくりと進む。

放課後のこの時間帯は、駅まで高校生たちの列で埋め尽くされることになる。喧《やかま》しい人混みが余計に蒸し暑さを感じさせる。

たまらず手持ち用のミニ扇風機を取り出し、スイッチをオンにした。そこまで涼しいものでもないけれど、ないよりはましだ。あかりも同様に扇風機を取り出す。校内では使用を禁じられているのだ。

ああ、私たちを抜き去る自動車が羨ましい。私たちを拾ってそのまま駅まで連れていってくれたら楽なのに。いや、ちょっと犯罪のにおいがするな。

「あっつう～……」

あかりがげんなりとした声を出す。彼女もこのすっきりしない気温に参っているらしい。

「日本の夏って多湿だよね。どうせ暑いならせめて湿気をなくしてほしい。ハワイみたいにさ」

「過ごしやすいって聞くね。クーラーいらないらしいよ」

「神かよ～。こうさ、普通の炎天下なら日陰に行けばましになるけど、こういう曇ってて暑いとどうしようもなくない？」

「うん」

私は小さくうなずく。あんまり日焼けしないのはありがたいけれど、蒸し暑い曇りの日はやっぱり気が滅入る。あちらを立てればこちらが立たずだ。

「……お、猫がいるよ律。あそこ」

赤信号に足を止めたところで、あかりが左の方を指差した。見てみると、民家の塀の上に一匹の黒猫が座っていた。高い位置から人間たちの行進を見つめている。一体どんなことを考えているのだろう。

　スマートフォンを取り出してカメラを起動する。けれど、少し遠かった。それに角度もよくない。綺麗に撮るには塀のすぐ側まで近付かなければならない。諦めてスマートフォンをしまう。

「撮れた?」

「いや、止《や》めた。ここからじゃ綺麗に撮れないから」

「なるほどねえ。なら仕方ないか」

　私は写真が好きだ。だからこそ、とりあえずの妥協で撮りたくはない。綺麗なものは、その魅力が最大限発揮される撮り方をしてあげたい。そうでなければ被写体に失礼だと思うから。

　人の記憶なんて不確かなものだから、写真として残さないとあっという間に忘れてしまう。今、あかりと見上げたこの曇天も、明後日には忘れてしまっているだろう。

　写真。

　胸の奥が、その言葉に何かの動きを見せた。

　ふと頭をよぎりかけた過去の記憶を、必死に抑えつける。何とか思い出さずに済んだ。

　嬉しさや楽しさはすぐに薄れていってしまうのに、どうして苦しい記憶は何年経っても消えてくれないのだろう。逆でしょ、普通。

信号が青になる。ようやく動き始めた人の列に安堵する。止まっているとじわじわ蒸されているように感じる。せめて動いていないと、どうにかなってしまいそうだ。

「今日バイトだっけ？」

「ううん」

「いいなー、私はバイトだ」

「頑張って」

あかりはラーメン屋のホール、私はスーパーのレジのアルバイトをしている。私は週に四回だけど、あかりは週に六回入っている。

一度店の前を通ったことがある。眩しい笑顔で機敏に動いている彼女が見えた。ラーメン屋のアルバイトなんて、私には到底できそうにない。

「来てくれてもいいんだよ？」

「やだ」

「ちぇー。うちの醤油ラーメン、美味しいのに」

あかりは唇を尖らせた。確か彼女が働いている店は醤油を売りにしていたっけ。残念ながら私は塩派だ。こういうことを言えば「塩もあるよ」と返ってくるだろうから、何も言わないでおく。予測は大事だ。

「もうすぐ夏休みだけど、律は何して過ごすの？」

「読書。どこかに写真を撮りに行きたいけど、暑そうだから多分行かないと思う」

「ふーん。律は絶対すぐに宿題終わらせるタイプでしょ」

「うん。残ったままだとすっきりしないから」

「すごいなあ。毎回夏休みが始まって一週間のうちに終わらせる！　って意気込むんだけど、いつも二週間かかっちゃうんだよね」

「充分早いと思うけど」

「そうかな。へへ」

私はすごくなんてない。ただやるべきことをやっているだけ。実行するのが面倒なだけで、その気になれば誰にでもできることだ。

本当にすごいのは、あかりみたいに色んな人と仲よくできること。性格がいい人とも悪い人とも、角を立てずに友好的に話せる力。どうしてあかりはそうできるのだろう。強い心を持っていると、やっぱり正の循環が生まれるのだろうか。

私だって、子供の頃は普通の女の子だった。こうなってしまったのは、今まで何度も他人に裏切られてきたからだ。性格を形成するのは体験が大きく関わっている。だから私は心を閉ざすようになった。

あかりはきっと、悲しみなんてあまり感じてこなかったのだろう。そういうことを考えるのは好きではないけれど、時々どうしようもなく羨ましくなってしまう。みんな笑って生きているのに、どうして私だけ、こんなにも苦しんで生きているのだろうか。

やがて、高校生たちの列は、吸い込まれるように駅の入り口に集中する。あかりとは路線が違うからそろそろお別れだ。定期を取り出して改札前で立ち止まる。別れを告げようとしていると、ふと彼女がはっきりとこっちを見た。

「ねえ、律」

「ん？」

何か、意志を秘めた眼差し。固く結ばれたその唇から、緊張が見て取れた。意味深な数秒の沈黙に、危機を悟って緊張する。

立ち止まる私とあかりを、人々が邪魔そうに追い越していく。改札通過時の電子音、学生たちの話し声、駅のアナウンス。幾重にも重なった音の森の中、その言葉が真っ直ぐ鮮明に耳を通った。

「夏休みの間にさ、ふたりでどっか遊びに行かない？」

心臓が大きな音を立てた。

あかりは私が作っている壁を察してくれている。だから冗談でそういうことを言っても、本気でその壁を破ろうとはしない。適度な距離感を保ちながら接してくれる。それがありがたかった。

だからこそ、その彼女が私の内部に足を踏み出したことは、今までにないことだった。なんで？　どうして急に？　あれか、今日の出来事があったから気を遣ってくれたのだろうか。でも、ああいうことも今まで何度かあった。それとも、他に何か理由がある？　分からない。他人のことなんて何も分からない。ああもう、落ち着け。

「別に外じゃなくてもさ、ほら、映画館とかもあるし……」

もし、この誘いを受けたらどうなるのだろう。

ふたりでどこかに行って、一緒に休日を過ごして、きっと夏休み中にまた遊ぶ約束をする。もしかしたら、今まで知らなかったあかりの面が見えて、もっと彼女のことを知ることができるかもしれない。それは向こうも同じだ。きっとあかりは私のことを一層理解する。心の距離が近くなる。今よりも、仲よく。

三ヶ月ちょっとの付き合いだけれど、あかりがどんな人間かはある程度分かっている。人に親切で悪口を言ったりしない、とてもいい子だ。仲よくなったら私たちはたくさん遊びに行くだろうし、もしかしたら学校生活も楽しくなるかもしれない。あかりとなら、お互いを大切な存在にできるかもしれない。私が、心を開きさえすれば。

『律』

その瞬間、誰かの声が脳裏をよぎる。

胸の奥が、重い油のような何かで覆われる。

言いようのない不快感に、細胞すべてがぞぞりとざわつく。

駄目だ。

「勉強に集中しないといけないし、いいかな」

「……そっか」

あかりはそう言って、困ったような顔で微笑んだ。

それを見た瞬間、胸の奥にズキンと鋭い痛みが走る。取り返しのつかないことをしてしまったような焦燥感。思わず何か言おうとするものの、息が詰まって相応しい言葉が出てこない。

違う、あかりを傷付けたくて言ったんじゃない。ただ、私は……。

「それじゃ、また月曜ね」

「あ……」

手を振って、あかりは人混みの中に消えていった。

私はその方角を見ながら、呆然と立ち尽くす。

別れの相手を逃した右手が、中途半端に胸の前で止まっていた。

眠る前、私はベッドで今日のことを思い出していた。

断った時のあかりの表情が、脳裏に焼き付いて離れない。いつもの笑顔とは違う、ちぐはぐな表情だった。口の端を持ち上げていたけれど、間違いなく傷付いた目をしていた。あかりのあんな顔は初めて見た。

もっと上手く断る方法があったはずだ。どうしてあんなに冷たい言い方をしてしまったのだろう。悔やんでも自分の発言を取り消すことはできない。思い返すたびに、やるせない衝動が胸の中で燻る。

罪悪感でお腹が気持ち悪い。ずっと心が安定しない。何とかもやもやを吐き出したいのだけれど、それは身体の芯に根を張って微動だにしない。ただただ苦しい。

やっぱり、心なんて邪魔だ。

「どうすればよかったんだろ」

その問いに答えてくれる人はいない。真っ暗な部屋にはエアコンの稼働音だけが響いている。何だか、今日の自分の態度を責められているようだ。二十六度に保たれた涼しい部屋は、心地よさだけが欠落していた。私の部屋なのに自分の居場所じゃないみたい。

月曜日、あかりに謝ろう。

でも、それからどうする？　謝っておいて「でもあなたと遊びには行きません」なんて、人を馬鹿にするにもほどがある。そんなことをすれば怒らせてしまうのは目に見えている。いや、怒って嫌われるだけならまだいい。それでもし、またあかりを傷付けてしまったら……駄目だ、謝るのはやめにしよう。

じゃあ、来週から何事もなかったかのように振る舞えばいいのだろうか。それも何かぎくしゃくしてしまいそうだ。多分あかりも私もそれらしく振る舞えるだろうけれど、きっと今まで通りにはいかない。おそらく、今日が私たちの関係の分岐点だったのだ。

彼女の誘いを断ったのは、別に今回が初めてじゃない。出会って最初の頃は何度も誘われ、そのたびに断ってきた。次第にあかりは私に遊びの誘いをしなくなった。

でも、今回は違う。私が親密な仲になることを拒絶しているのを分かっていて、それでもあかりは誘った。私に歩み寄ろうとした。とても大事な意味を持った誘いだった。

もう、私たちが心を近付けることはない。

それでいい。私がそう望んでいるはずなのに、どうしてこんなにも胸が引き裂かれそうなのだろう。

あかりを傷付けたくなんてなかった。どうやったら、上手く自分の心を守れるのだろうか。自分を守るために相手を傷付けていたら、私が嫌いな人間と何も変わらない。どうやって生きればいいかなんて、誰も教えてはくれない。

「あかり……」

彼女の表情が何度もフラッシュバックする。謝りに行きたいけれど、どうすればいいのか分からない。頭を抱えて小さく震える。月曜日の到来がひどく恐ろしい。このまま時が止まってしまえばいいのに、と思う。

人との接し方なんて知らない。昔は知っていたはずだけれど、自分で手放してしまった。それを持ち続けるのは、あまりにも苦しかったから。今ではそれをすっかり忘れてしまい、不器用な生き方しかできない私が残った。

ずっと前から、私の心臓にはいくつもの線が残っている。髪の毛よりも細い記憶の線。普段は大人しくしているけれど、時々信じられないほどの熱を放ち、真っ赤に腫れ上がっては気が狂いそうなほどの疼痛を引き起こす。

どれだけ消そうと頑張っても、それは絶対になくなることはない。これはシャープペンで書かれた線ではなく、言葉の刃物で刻まれた線だから。刻むとは不可逆的な傷を付けるということ。多分、私は一生この傷に苛まれることになるだろう。

「……いたい」

それは、別の悲しみに誘発され熱を取り戻す。

カッターナイフの刃をてのひらに押しつけ、シュッと勢いよく引いた時のような鋭い熱さ。それが一瞬だけ走り、そこから熱を持った痛みへと変わる。心臓の線が腫れ上がってはじんじんと疼く。厄介なことに、線が一本炎症を起こしてしまえば、他の線も同様に暴れ出すのだ。そうして、芋づる式にストレスが目を覚ましていく。

「いたい」

どうして、心ってこんなにも痛いんだろう。

何のために心は痛むんだろう。

ただ笑って毎日を過ごすことが、私にはこんなにも難しい。

ああ、駄目だ駄目だ。気持ちが過去の方へ歩み寄っている。わざわざつらさを思い出す必要なんかないのに、何故か頭がそれを考えてしまう。いつも考えないようにしている記憶。忘れてしまいたい記憶。外部のものなら目を閉じれば拒絶できるけれど、内部のものはどうしたって逃れることができない。

嫌な記憶、過去の情報は、時空を超えて私を殴ってくる。心が痛めば痛むほど、今日の自分が嫌になる。悲しみがどんどん溢れていって、今にもこの部屋を満たしてしまいそうだ。

ぎゅっと胸を押さえる。そこから強い鼓動が伝わってくる。今、きっとこの子は泣いているのだ。人一倍敏感で、痛がり屋さんな私の心臓。守ってあげられなくてごめんなさい。

ぎゅっと目を閉じて痛みに耐え続ける。

お願い、早く静まって。

疼きは願いに反してさらに強くなる。鼓動がそれに比例して耳まで響く。

痛い、痛い。

その時、不思議なことが起こった。

暗い部屋の中で、おまけに今目を閉じているのに、何故か視界が白い。

意識がどこかへと繫がった、そんな気がした。

白い世界に青い電流がちらちらと発生し、次第に数を増やしてその中央に集まっていく。

密度を高めた火花は、やがて線香花火のような音と共にひとつの物体を形成する。

それは、十センチくらいの青く透ける板だった。ガラスか何かのようで、真ん中には四つ葉のクローバーの模様が描かれている。でも、ちょっぴり形が変わっている。四つ葉というよりも、魚の尻尾を四つ合わせたような形だ。

その板の右端、横幅二センチほどの部分は透明になっている。どこかで見たことがあるような形状だ。

これは一体何？　私は今、何を見ているの？

何が起こっているのか分からないまま、視覚とは別の感覚でその板を眺める。

すると、氷に少量の水を垂らした時のような、軽い亀裂音が何度も鳴り出す。

この音って、まさか。

食い入るようにそれを見ていると、小気味いい音と共に、透明な部分が割れて綺麗に分断された。

そして、残った青い部分が目映い光を放ち——。

「……えっ」

私は、知らない場所に立っていた。

まず私の目に飛び込んできたのは、二十メートル以上はありそうな青藍色の壁。それが壁じゃないと気付いたのは、無数の魚たちがそこを泳いでいたからだ。

つまり、今私が見ているのは、とんでもなく大きな水槽。確か、一番大きな沖縄《おきなわ》の水族館でも、ここまでの高さはなかったはずだ。これほどの規模は初めて見る。

何が恐ろしいかというと、天井に隠されているだけで、おそらく今見ているこれが限界じゃないということだ。多分、まだまだ水槽は上へと繋がっているし、その底も分からない。まるで海の中にこの建物が沈んでいるようだ。いや、海中に浮かんでいるという方が正確かもしれない。

「綺麗」

淡い光が降り注ぐ濃いブルーの世界。ゆったりと泳ぐ魚たちは、穏やかな流れをその世界に形成していた。

奥の方で泳ぐ何かの魚たちが、水中の光を浴びて鈍い輝きを放つ。一匹のエイが胸ビレをはためかせながら、私の前を横切った。ただそれだけのことが、本当に美しいと思えた。

でもそれだけじゃない。何故か心がきゅっと惹き付けられる。水中を泳ぐ魚の一匹一匹を、私はずっと昔から知っているような気がした。私は昔、ここに来たことがある？　いや、そういうのではない。

深みのある青の世界で、無数の命が輝きながら遊泳している。その静かな神秘性は、どこか夜空に浮かぶ星を思わせた。じっと眺めていると、そのまま遥か遠くまで吸い込まれてしまいそうな。

その引力に導かれるようにして、ゆっくりと私は水槽に手を伸ばす。

「危ないよ」

誰かが背後からそう言った。

その声を聞いて我に返る。声の主は、二十代前半くらいの青年だった。軍帽のような、藍染めのマリンキャップから覗くストレートの前髪、半袖が涼しげなブルーのシャツと黒いパンツ。左胸には輝くバッジが着けられている。すらっと背が高く、穏やかな目つきだ。脚が長いからパンツをびしっと着こなせている。まるで俳優さんみたいだ。ただそこに立っているだけで、とても爽やかな好印象を与える。だからこそ私は警戒していた。

美しさに見とれてしまったけれど、私は今とんでもない状況にいるのだ。さっきまで部屋にいたはずなのに、気が付けばこんな場所に立っていた。夢にしては随分と意識がはっきりしている。ここはどこかの水族館なのだろうか。何にせよ、自宅から急に辿り着ける理由が存在しない。

訝しんでいる私をよそに、彼は眩しい笑顔であいさつをする。

「カナシミ水族館へようこそ。僕はスタッフの須波月人《すわつきひと》といいます」

「カナシミ水族館……？」

奇妙な施設名に思わず眉をひそめる。カナシミ……どこかの地名にそういうのがあるのだろうか。こう、加無見《かなしみ》みたいな漢字の。いや、そんな地名は聞いたことがない。どう考えてもこれは悲しみだろう。カナシミ水族館。そんな薄暗い名前の水族館も聞いたことがない。一体どういう意図でそんな名前にしたのだろうか。

しっかりと心を閉じ、警戒を保ちながら問いかける。

「あなたは何者なんですか？」

「ああ、警戒しなくていいよ。僕は単なるスタッフ、ここに呼ばれた人への説明係だから」

呼ばれた。普通なら来たとか訪れたと言うはずだ。その言葉は、ここがまともな理屈の通じる場所ではないことを暗に示していた。そもそも、ここは日本なのだろうか。

彼は両手を開いて無害であることをアピールする。だが、警戒の要否を決めるのは私だ。人の言葉を鵜呑みにしていれば、いつか痛い目に遭うことになる。日常から隔離されたこの世界。彼が突然襲ってこない保証はない。

私は須波と名乗る彼から距離を取ろうと、少し後ずさった。ガラスにもたれようとしたその瞬間、彼がはっとした顔で叫ぶ。

「駄目だ！」

「えっ」

がくん、と身体のバランスが後ろに崩れる。

背中に当たるはずの硬い感触がなく、そのまま私はするりと背後へ落ちてゆく。

視界が全部青になった。冷たい水が私を出迎える。

え、これって水槽の——。

困惑する間もなく、腕を引かれて私の身体はそこから脱出する。須波さんがほっとした顔をしているのが見えた。状況を飲み込めないまま呆然とする。

「ふう、危ない危ない」

「今の……え、えっ」

「申し訳ない。説明が遅れたね」

驚くべきなのは、ガラスをすり抜けたことだけではない。私は確かに水中に入った。冷たさを感じたし濡れる感覚もあった。それなのに身体が一切濡れていない。私を引き上げた彼の腕もだ。そこでようやく、自分が制服を着ていることに気付く。あの水、一体何でできているんだろう。

「ここはカナシミ水族館。人の悲しみが魚になる水族館さ」

「悲しみ？」

「そう。ここで展示している魚たちは、すべて君の悲しみだよ。正確には魚じゃなくて生物かな。貝やイルカなんかもそう」

彼は水槽へと視線を向けた。巨大な水槽で泳ぐあの魚たち。あのエイも、タイも、何かの魚もみんな私の悲しみ？　理解が追いつかない。

もしかして、怪しい施設に拉致でもされてしまっているのだろうか。それにしたって、もう少しまともなことを言うだろうけれど。

「……意味が分かりません」

「だろうね。でも、あの魚たちを見てどう思った？」

「綺麗だと思いました」

「それだけ？」

彼は意味深な目を向ける。

「懐かしさみたいなものを感じたりはしなかった？」

無表情のままうなずく。確かに彼の言っている通りだけれど、他人に自分の心を知ったような気になられるのは不愉快だ。

懐かしさ。確かにあの魚たちを見て、私は自分との繋がりを感じていた。ただ綺麗なだけでは言い表せない気持ちになった。

悲しみが魚になる。その言葉が本当だとすれば、あの莫大な数の魚たちは、すべて私の悲しみだということになる。確かに、納得はできる。私由来の悲しみなら、これだけたくさんいても不思議ではない。

「この世界は何なんですか？　現実じゃないですよね」

「心海……君たちの精神世界と言えばいいのかな。曖昧な空間だから、説明が少し難しい」

真面目な表情で、彼は私に情報を与える。その言葉をそのまま信じるなら、ここは現実とは別の世界。君たちということは、私個人だけのものではないのかな。

「この水族館は、人々の無意識下の海を渡る潜水艇でもあるんだ。個人からの信号を受け取って、その海域に潜水して相手の心と繋がる」

思わず周囲を確認してしまう。この水族館、潜水艇でもあるの？　本当だとしたら、とんでもないスケールだ。

「とはいえ、どこぞの遊園地みたいに、誰でもここに来られる訳じゃない」

「じゃあ、どうして私は」

「君には入館資格があるからだよ。平井律さん」

入館資格。悲しみが魚になるこの水族館に入るための条件。何となく察しは付くけれど。あれ、私自己紹介したっけ。その疑問も新たな情報の前に消えてしまう。

「ここに来るには心の傷と、カナシミチケットが必要になる」

「カナシミチケット？」

「そう。そのふたつを持っている人が強烈な悲しみに苛まれると、ここに繋がるんだ」

私が来た理由はそれか。先ほどまで、私は部屋の中で強く苦しんでいた。信号というのは、おそらくそれのことだろう。だけどチケットなんて知らない。心の傷のことを言っているんだろうか。

「でも私、チケットなんて持ってません」

「いいや、持っているはずだよ。探してごらん」

そんなことを言われても。無茶ぶりに仕方なく探してみると、スカートのポケットに硬い何かが入っている。

それを取り出して、思わず「あ」と声が出る。それはあの時頭に浮かんだ、不思議な青い板だった。

「そう、それだ」

「これ、チケットだったんだ……」

カナシミチケットを見つめる。確かに、どこかで見たようなあの形状は、入館のために切り取る映画館のチケットと同じようなものだったのだ。

水槽の光にかざしてみると、青色が透けてさらに透明感を増す。角度を変えるごとにきらきらと別の表情を見せる。竜宮城の宝物みたいだ。

そこで彼の左胸に目を向ける。金色と銀色が見事な光沢を放つ、重厚な気品を宿したバッジ。あのデザインは、カナシミチケットに描かれているマークと同じものだ。

「気を付けてほしいのは、この水族館は君の心を映し出している。境界線というものがないから、うっかり近付きすぎるとさっきみたいなことになる」

そう言って、須波さんは水槽へと手を伸ばす。とぷんと波紋が広がり、その手は弾かれることなくあちらの世界に行ってしまった。この身で体感した通り、この水槽はガラスなしでその形を保っているのだ。

「まあ、溺れはしないけどね。まだ魚たちには迂闊に触らない方がいい」

「はい」

「他に何か聞きたいことは？」

顎に軽く握った拳を当てて考える。あまりにも非現実的すぎて、今の自分に何の情報が必要なのか分からない。頭を回さなくちゃ。えっと、今一番知るべきことは……帰宅手段だ。

「どうやったら元の世界に帰れるんですか？」

「心配しなくてもいいよ。帰る方法は君が一周してきたら教えよう。時間は気にしなくていいから、好きなだけ館内を見ておいで。せっかくの貸し切りなんだから」

今すぐ手段を教えてはくれないらしい。教えてしまうと私が帰ってしまうからか。大人しくこの水族館を見て回るしかなさそうだ。

とりあえず帰る方法があるという情報だけでも、気休め程度にはなる。一番怖いのは、この不思議な水族館にずっと囚われてしまうことだ。

でも、それも悪くないかもしれない。恐ろしい現実に戻るくらいなら、ここで過ごす方がましなのかも。

そうだ、水族館というのなら、お金を払わなくちゃいけないのでは。どうしよう、財布なんて持ってない。あるのはこのカナシミチケットだけだ。そもそも、どうして私の手元にこのチケットがあるのだろう。

「あの、料金とかって……」

「いらない。そもそも商売目的の施設じゃないからね。チケットさえ持ってればそれで充分」

あとからお金を要求されることはなさそうだ。もっとここの情報を集めなければ。他に聞きたいこと、そうだ。

「スタッフって、須波さん以外にもいるんですか？」

「いるよ。僕の他にあと三人のメインスタッフがいる。ここから一番近いのは……タクトかな。ちょっと気難しいけれど、優しい子だから大丈夫。僕らはみんな君の味方だから安心して」

「……そうですか」

彼を除いた三人のスタッフ。一体どんな人たちなのだろう。

「他は？　何でも聞いていいよ」

「いえ、大丈夫です」

「そう？」

ここがどこなのか、帰る手段はあるのか、私は何をすればいいのか。ひとまずそれらが分かっていればいい。いつまでも他人と話したくはないし、正直にいってここを見て回るのが少し楽しみになっていた。ひとりで気ままに水族館を歩けるなんて、ちょっとワクワクする。

「では、楽しんでおいで。左側の通路、あれを道なりに進んでいけばいいから」

「はい……それと」

「うん？」

その言葉を口にするのを躊躇する。別に、わざわざ言わなくたって気にしないかもしれない。でも、また言葉足らずで相手を傷付けるのは嫌。こういうのはちゃんと言わなきゃ駄目だ。

「……さっき、助けてくれてありがとうございました」

「どういたしまして」

須波さんはにこりと笑って手を振ってくれた。

私は会釈をして、暗い通路へと向かう。

不思議な世界に誘われた七月十七日。

私は、カナシミ水族館を進み始めた。

2．一万匹の舞踏会

薄暗い通路を歩いていくと、すぐに水槽が私を出迎える。

銀色の身体に薄緑の背中。この魚たちは見たことがあるけれど、詳しくないから何の魚かは分からない。ええと、何だったっけ。絶対に知っている種類なんだけど。

視線を上に向けると、壁に説明文が書かれていた。マアジ。ああそうか、これはアジだ。こうして生きている姿を見るのは初めてかもしれない。思っていたよりも小さくて何だか微笑ましい。

「あれ？」

群れの中の一匹に違和感を抱く。その子をじっと見ていると、やがて身体がゆらりと青白い燐光を放った。光の反射とは違い、身体から放たれている。朧気《おぼろげ》で、どこか優しい光だ。そっと水に溶けてしまいそう。

それを見て私は実感する。本当に、この魚たちは私の悲しみなのだと。

どうやら、すべての魚が時々そうやって発光するらしい。尻尾だったりエラの部分だったり、特定の部位だけが光る時もある。

悲しみって、こんな色なんだ。その光があまりにも美しく、入ってすぐだというのに、私はじっとそれを眺めていた。蛍の光みたいに、目にすうっと静かに入ってくる。見ていると心が落ち着く。私を苦しめる悲しみも、こんな形で楽しめるなら悪くない。

この通路は、最初に見たあの超巨大水槽をぐるりと囲むようにして配置されているらしい。通路の壁代わりになっている右側からは、そこの多種多様な魚たちを楽しめて、左側には特定の種類の魚を展示した水槽が並んでいる。他の階に移動する必要はなさそうだ。

須波さんの言っていた通り、時計回りに道を一周するだけだから楽でいい。いつでも気になった場所へ引き返すことができる。それに何より、他に人がいないのが快適だった。気に入った魚を好きなだけ眺めていられるし、後ろから迫る客のペースに合わせる必要もない。

こんなにじっくり魚を眺めるのは初めてだ。よく見るとヒレはひとつだけじゃないし、鱗もしっかり生えている。エラが動いている姿を見ると、魚が生き物であることを実感させられる。

手元にカメラがないのが悔やまれる。こんなに幻想的な光景を写真に残せないなんて。右側の魚たちの輝きを見つめ、私はため息をついた。せめてこれを忘れないように、しっかりと心に残そう。

そうだ、幼い頃見たあの虹は、今でも覚えている。何だかカメラの記憶力に頼りっぱなしで、こうやって大事なものを心にしまうことを忘れていた気がする。反省しなければいけないみたいだ。

薄暗い通路は、耳を澄ませばヒーリングミュージックのような音楽がうっすらと流されている。雑音がない静かな世界は心が落ち着く。意識を他のものに向けず、ただ魚の美しさを感じることができる。どの水族館もこんな風に貸し切りだったら、きっと毎月行ってしまうだろうなと思う。

足元を見ると、水槽からの光が暗い床に集光模様を描いていた。柔らかな輝きがゆらゆらと揺れている。まるで水面の上を歩いているようだ。

カナシミチケットを取り出し、光に透かしてみる。何度見てもやっぱり綺麗だ。日差しを受ける海の煌めきがそこにある。もし海の結晶があるとすれば、きっとこういう風なのだろう。

でも、何だか別の色が内側に隠れている気がする。気のせいだろうか、板の奥から、うっすら何かが透けているような。光の加減?

「あっ!」

それを睨んでいたその時、右の水槽を何か巨大なものが横切っていく。クジラかと思ったけど違う。布団みたいな身体、広いグレーの背中に白の水玉模様。あれはジンベエザメだ。あんなものまでいたなんて。

写真なら見たことがあるけれど、実物は初めてだ。ゆったりと水中を漂う姿は、まるで海の化身。よく見ると、白い水玉模様が所々青く光っている。悲しみの燐光は、ジンベエザメの雰囲気を一層幻想的に彩る。その緩やかな佇まいからは、何というか一種の滑らかさのようなものが感じられた。

「すごい……」

あの大きなサメも、私の悲しみ。身体の大きさと悲しみの大きさは比例するのだろうか。だとしたら、あれはどの記憶によるものだろう。それとも、案外小さな悲しみだったりして。すべてはジンベエザメにしか分からない。

「あなたは今、何を考えているの？」

その声が届くことはない。

ジンベエザメは身体をくねらせ、奥の方へと去っていった。

その背は、自由なようにも物悲しいようにも見えた。

本当に、ここには色んな魚がいる。足を進めていくと、左手にサメを展示している広い水槽が現れた。

そのサメスペースの端っこで、薄いねずみ色の何かが固まってじっとしているのを見つける。丸みを帯びた頭で細身のサメだ。他のサメたちのように泳いだりせず、砂の上でただ身を寄せ合って寝そべっている。随分と大人しい魚だ。名前を探してみる。

「ネムリブカ？」

フカって確かサメのこと。眠るサメ、確かにぴったりだ。深い眠りという意味合いも兼ねているのだろうか。素敵な名前だ。

かなり長い間そこに留まっているらしく、一週間以上同じ洞窟で過ごすこともあるようだ。夜行性で、昼間に岩場や海底で眠ったように休んでいる姿からそう名付けられたらしい。

大人しくしている理由は、他のサメたちのように泳がなくても、エラを動かして空気を取り入れられるから。よく見るとエラがひくひく動いている。

一匹のネムリブカが私の方を向いた。口をぱくぱくさせている。ただの行動、それとも私に何か伝えたいことでもあるのだろうか。猫のような目を見つめる。

その魚はやがて口を閉じ、しんなりと静を全うする。何だかその姿を見ていると、とても切ない気持ちになった。この魚は傷心に疲れ果て、何もできないまま地に伏している自分だ。

悲しみ疲れた時は、ベッドの中に潜り込み、そっと深い眠りにつきたい。そんな気持ちを体現するこのネムリブカを、いつまでも安らかに眠らせてあげたいと思った。この静かな世界で、最低限の呼吸を紡いで。

「じゃあね」

そう手を振った瞬間、ネムリブカたちが一斉に光を放った。

青い月のような光。それは夜空に浮かぶ星が今、目の前にあるような気分。手が届くはずのないものを前に、自然と私の右手はそれに吸い寄せられる。

私の指は境界線を破り、とぷんと冷たさが手を包み込む。そのまま、私はネムリブカに手を伸ばす。壊れてしまわないように、そっとそっと、剝き出しの心臓に触れるように。

その魚に触れた瞬間、キィンと甲高い耳鳴りのような音が鳴った。

冷たいものが歯に染みるように、指先からその温度が通っていく。血管が凍り付くような感覚と一緒に、意識がどこかへと飛ばされる。


『お前がカメラマン？　なれる訳ないだろ。プロの世界舐めんなよ』

これは、小学校時代の記憶だ。

先生に将来カメラマンになりたいと言って、こんなことを言われたっけ。

ただ、カメラで写真を撮るのが好きだった。家族にも撮った写真を褒めてもらえて、自分は才能があるのだと思っていた。だから私は、それを仕事にするカメラマンという職業に、とても強い憧れを抱いていた。小さな頃の私に芽生えた、ささやかで大切な夢。

なれる訳ないだろ。想像していた未来像は、たったその一言で砕け散った。私なんかよりも長く生きていて、色んなことを知っている大人。そんな存在にあんなことを言われ、私は絶対に夢が叶わないことを理解させられた。なれない、じゃなくてなれる訳ない。世間知らずが身の程を知れと言われているような気がしたし、きっとそのつもりで言っていたのだろう。

どうして、先生はあんなことを私に言ったのだろう。

あの言葉がきっかけで、私はやりたいことを口にしなくなった。自分が大切だと思ったことを、他人に否定されるのが怖くなった。きっかけなんて、そんなものだ。

「……はっ」

意識が現在に戻る。水槽から手を戻すと、落ち着いていた心臓が、またドッドッと叫び出していた。

ようやく分かってきた。ここは私の悲しみを展示する水族館。そして、その魚に触れると、悲しかった記憶が鮮明に蘇る。だから須波さんはあの時、危ないと言ってくれたんだ。あれは水槽の中に入ってしまうから危ないんじゃない。悲しみを思い出してしまうから危ないという意味だったんだ。

そっと横たわるネムリブカ。この痛みをあなたは抱えていたんだね。きっとこの子は今、さめざめと泣いているのだ。せめてその苦しみが和らぐように、私はこの子の安寧を祈る。

「おやすみなさい」

サメコーナーに別れを告げ、カナシミ水族館を歩き続ける。

そして私は、魚群を指揮する少年と出会う。

「あれ……？」

通路を進んでいくと、両側の水槽が壁へと変わり、照明が一層暗くなる。まるでトンネルみたいなその通路を、用心深く歩く。奥の方に、何か広い空間があるみたいだ。

通路を抜けると、ホールのような場所へと辿り着いた。かなり照明は控えめで、奥に大きな横長の水槽が設置されている。高さは大体十メートル、横幅は、ちょうど二十五メートルのプールくらい。まるで映画館みたいだ。

水槽に特殊な照明を当てているのだろうか、水の色がさっきまでよりも暗い。その両端には、茶色い海藻が生えた大きな岩が設置されている。

何より目を引くのは、その水槽全体に散らばる銀色の光。あれはイワシ、それもとんでもない数だ。軽く千匹以上……いや、もしかしたら一万匹以上いるかもしれない。

思わず目を奪われていたけれど、そこでようやく、前方に誰か立っていることに気付く。

薄暗くてよく見えなかった。ひとりの少年がパーカーのポケットに両手を突っ込み、水槽の方を向いている。

彼はゆっくりと振り返る。

「どうも」

「あなたは……えっと、タクトくん？」

右目を隠した前髪、物憂げな目つき。前開きの青いパーカーに白いシャツ、そして黒いハーフパンツ。色白な肌が見える。長袖ではないけれど、須波さんが着ていたスタッフの制服だ。おそらくこの子が、彼が言っていた三人いるメインスタッフのひとりだろう。

「あのさ、ここはカナシミ水族館だよ？　見た目で判断しないでくれるかな。現実みたいに見た目と年齢が同じだと思う？」

はっと衝撃を受ける。そうだ、この少年が私より年上の可能性だってある。いきなりくん呼びは失礼だった。慌てて謝る。

「ご、ごめんなさい」

「まあ同じなんだけどさ」

彼はそう言ってポケットから手を引き抜いた。え、じゃあなんで言ったの？　そう疑問を抱いた私に対し、皆まで言うなとばかりに彼は言う。

「ここは普通の水族館じゃないんだ。しょうもない先入観をぶら下げて、思考停止で見物されたくないんだよね」

「そんなことしないよ」

「だといいけどね」

　彼は鼻で息をついて目を閉じる。なるほど、なかなかひねくれた子供だ。その取っ付きづらさは、何だか誰かに似ている気がする。ああ、私だ。ここまでとげとげしい態度は取らないけれど。

「僕は入瀬《いりせ》タクト。ここ『魚群《ぎょぐん》の間』のスタッフ」

「私は……」

　自己紹介をしようとすると、彼は手を払って制する。

「名前なら知ってるよ、平井律さん」

「どうして知ってるの？」

「そりゃ、この水族館はあんたの心の中に繋がってるんだから」

　当然だろうと言う風に彼は答える。それって、どういうことだろう。彼らは、私のどこまでを知っているのだろうか。強い悲しみでここに招待された平井律という情報だけ？　それともまさか、私の心の中すべてを把握しているの？

　ぞっとして二歩後ずさる。他人に心を覗かれているなんて、そんなの到底耐えられない。銀行口座の暗証番号を知られているようなものだ。

「ん？」

その行為が理解できないのか、彼は不思議そうな目を向ける。

「あなたは、私をどこまで知っているの？」

「あー……プライバシーを心配してるなら、別に大丈夫。あんたの過去なんて知らないよ。僕らスタッフが知ってるのは、お客さんの名前だけ」

「……そっか」

それを聞いて少し安心する。

心は個別的なものだから、それがどういうものかを理解することはできない。人間が理解できるのは、精々相手の感情の種類までで、その深さまでを知ることはできない。

たとえば彼氏に振られた人同士なら、振られた悲しみに共感することはできる。でも、一週間で吹っ切れる人もいれば、一年以上引きずる人もいる。それは同じ感情でも、同じ心じゃない。本当の意味で人の心を理解するなんて、絶対にできっこない。

だからこそ、自分の心の具合を理解されたら、それは本当に恐ろしいことだ。どんなものにどれだけ傷付き、恐れ、ストレスを抱くか。ゲームの敵キャラの攻略方法みたいに、私専用の傷付け方を知られてしまうということ。相手の気分次第で、私の心はぐちゃぐちゃにされてしまう。自分の心臓を握られているのと同じことだ。

「他に何かある？」

「ううん、大丈夫」

「それじゃあ始めるよ」

「始めるって、何を？」

タクトくんは口をぽかんと開ける。続いて、呆れたように言った。

「まさか、何も聞かされてないの？」

「うん」

「月にいのやつ、わざと黙ってたな……僕と会話させるためか」

彼は眉間に皺を寄せてぶつぶつと呟く。月にい、とは須波さんのことか。あの人のこと、月にいって呼ぶんだ。どこか背伸びしている彼の年相応な一面を見て、少し微笑ましくなる。

「僕らスタッフはこういうホールで、お客さんにパフォーマンスをするんだ」

「イルカショーみたいな？」

「まあそんな感じ」

でも、どういうパフォーマンスをするのだろう。イルカなら分かるけれど、相手は一万匹以上のイワシたちだ。意思疎通ができるとは思えない。それとも、イワシについての解説なんかをしてくれるのだろうか。

彼はくるりと背を向け、水槽の中央に立った。

「集中するから、しばらく僕に話しかけないでね」

そう言うと、彼は深く深く息を吸い、深く深く息を吐く。たっぷり時間をかけて、肺を膨らませ、酸素を全身に行き渡らせていく。

暗いホールの静寂に、彼の呼吸音だけが響く。深呼吸を続けるほどに、彼の背中から放たれる緊張感がひしひしと高まっていく。パフォーマンスに臨むその姿勢は、まるで熟練の職人のよう。私よりも年下だとは到底思えない。

釘を刺されなくても、今の彼に話しかけることなんて無理だ。一滴の水が凪いだ水面に波紋を広げるように、この空間が彼に支配されていくのが分かる。

ついに彼は、パーカーの内ポケットから何かを取り出した。青く透けるビードロのような棒。魔法使いが持っている杖のような道具だ。あれには見覚えがある。そうだ、カナシミチケットと同じ材質のように見える。

彼はその道具をイワシたちの方へと向けた。やがて、クラゲのような緩慢さで右腕を振り上げる。

これから、何をするつもりなんだろう。

その疑問も、数秒後には吹き飛んでしまう。

どこからか神秘的なミュージックが流れ出し、彼は斜めに棒を振る。

統一された穏やかな動きを見せていた魚群が、突然その陣形を乱した。

まるで銀色の粒子を寄せ集めた帯のように、群れから流線型の列が飛び出す。イワシたちは紺色の水槽内に煌めく曲線を描き、ひとつの円環を形成する。

少年は手首を回し、両手を動かし、彼らをその道具で誘導している。

すごい、彼は今、魚群を思うままに操っているんだ。まるでオーケストラの指揮者みたい。そうか、あれは魚を操る指揮棒なんだ。

一本、二本。魚の輪が増えるたびに、中心の魚群が小さくなっていく。やがて、すべての魚がそこから出ていくと、信じられない光景が作り出された。

それは、幾何学模様の花に似ていた。縦、横、斜め、幾重にも重なった、同心円状のイワシの遊泳。青い世界で循環するその輝きは、宇宙に浮かぶ星々の周回軌道を思わせる。

なんて、綺麗なんだろう。

その鮮やかさもそうだけど、形としての完成された美しさが私の心を掴んだ。確か、原子構造もこんな形だったっけ。科学館のオブジェクトみたいだ。

と、小さな指揮者が新たな動きを指示する。

一番外側の輪がさらりと解け、魚たちが右の方へと泳ぎ出す。それに引っ張られるようにして、残りの輪も一斉に崩れて進み出す。

やがてひとつの大きな群れに戻り、一万もの生命は広い水槽内を目一杯泳ぎ回る。

魚たちはしばらく左へ泳いでから、また右へと切り返す。そのまま斜めに上昇していったと思えば、鋭い動きで真下へと急降下する。

小魚の滝は危うく底にぶつかる寸前に、煙幕のようにぶわっと巻き上がっては大きく散らばっていく。密度を減らした分、その圧倒的な数がはっきりと分かった。海の生命を象徴するそれに、ただただ圧倒される。

新しい指示が出された。手首を使い、大きく横に円を描き続ける動き。これ、もしかして——予想は的中する。離散していた小魚たちは、みんな同じ方向に回り出した。

その奔流はどんどん密度を高めていき、やがて竜巻となって海中に銀色の柱を立てる。細いわらをより合わせて強靱な綱を作り上げるのと同様に、一匹一匹の遊泳がこの強力な渦を形成しているのだ。その統率された動きが、私の目を離さない。

竜巻の右上辺りが、青白い光を放った。角砂糖に一滴のブランデーを垂らすみたいに、そこから魚群全体に発光が波及して竜巻の色を染めていく。その変化は、秋を迎えて表情を変える青い紅葉《もみじ》を連想させた。深い海のような暗さに小魚たちの燐光が映える。

魚たちは段々速度を落とし、大きな幅の渦を描き出す。緻密な竜巻は徐々にほぐれていき、やがて自然消滅してしまった。イワシたちは元の魚群の形に戻って水槽を揺蕩《たゆた》う。

少年は新たな指示を出す。すると、散開していた魚たちがいくつもの帯になり、水槽の中心で巴を描き始める。

小魚の群れは不思議な煌めきと共に、ゆっくりと収束していく。

その時、水槽を照らしていた照明が、ふっと消える。ホール内は真っ暗になり、闇の中に悲しみの輝きだけが鮮明に残っている。無数の光が曲線になってひとつに収束していく様は、まさしく銀河のよう。宇宙と海は、同じ構造をしているのかもしれない。

光の流れは、やがて滑らかな球体を形成する。海に眠る生命の核がそこにあった。信じられない密度なのに、魚たちはぶつかり合うことなく旋回している。

なんて繊細な配置だろう。神秘的な外観の中に、何かをぶつければ一瞬で崩壊してしまう儚さがある。

淡く輝く魚群の球は、さらに収縮していく。

聞こえていた音楽が消え、ホール内は静まりかえる。

え、どこまで小さくなるの？　そう不安になった、その時だった。

壮大なサウンドエフェクトと共に、極限まで密度を高めた小魚たちが、もう限界だとばかりに全方位へ飛び散った。

まるで夜空に咲く巨大な花火。無数の命が一斉に弾け、広い水槽中を埋め尽くしていくその勢いは、ビッグバンを表しているように見えた。きっと私は今、ものすごい光景を目にしている。思わず口から驚嘆の声が漏れた。

照明が復活する。少ししてからイワシたちの発光も終わる。

最後に彼は大きく腕を振って円を描いた。魚たちはその導きに身を任せ、水槽の中央でひとつの巨大な輪を形成する。

どこか寂しげなピアノの音が終わりを彩る。いくつもの小魚で作られた円環。それは滅びてはまた誕生する、偉大なる生命の循環を象徴しているようだった。

そして、ようやく彼がこちらを振り向いた。

その背後で、銀色の輪っかはゆらりと崩れ、元の魚群に戻る。

「……終わり」

緊張が解けたのか、彼は安堵の息を吐く。

無意識の内に、私は惜しみない拍手を送っていた。彼が導く魚群の表情に、私は心の底から感動していた。たった十分前後のパフォーマンスだけど、まるで長編映画を観ていたような満足感を抱いている。時空を遡って生命の起源を目撃した気分だ。

拍手が終わっても、感動の余韻でまだ言葉が出てこない。彼はただ見つめ続ける私に眉をひそめる。

「……何？　じろじろ見られたって、もう何もないんだけど」

「すごい！」

突然私が大きな声を出したので、彼はびくっと反応する。

あまりにも美しいものを目にすると、人は壁を作っていたとしても、勝手に心を動かされてしまう。すでに私はタクトくんに対して、警戒をしなくなっていた。年下だからというのもあるけれど、あの幻想的な光景を作ったという事実に、強い尊敬を抱いていた。

「何もかも綺麗すぎて、ただただ圧倒されちゃった。夢でも見てるみたい。こんなショー、生まれて初めて見た」

「ふ、ふーん……」

彼はぷいと目を背け、そっけない態度を取る。でもその口はもにょもにょとしている。どうやら照れているらしい。最初は尖った子だと思ったけれど、案外素直な性格みたいだ。

「まさかイワシを操るなんて思いもしなかった。こんなにたくさんいるのに、一匹もぶつけずに動かせるんだね」

「まあ……一応？　ここのイワシを完全に操れるのは、スタッフの中で僕だけなんだけどね」

斜め上を向いて、気にしていない体を装って彼は言う。

「かっこいい……！」

「そ……そう？」

褒めちぎられて気をよくしたのか、大人ぶっていた彼の表情がほころんだ。私の方へと近寄ってきて、嬉しそうに口を開く。

「じゃあ、やってみる？」

可愛らしい笑みでそう言われ、私は硬直する。やってみるって、何を。まさか、今の神がかったパフォーマンスを私にやれと言っているんだろうか。

いやいやいや、できるはずないじゃん。そもそも、たった今自分で言ってたでしょ。イワシを完全に操れるのは、スタッフの中で僕だけだって。そんな新しく買ったゲームみたいな感覚で勧められても。

「無理だよ、私にそんなのできる訳ない」

「なんで」

「だって、スタッフの中でもタクトくんしかできないんでしょ？」

「僕らはね。でもここの魚は律さんの悲しみでしょ？　僕らは道具の助けを借りないと難しいけど、本人ならできるはずだよ」

そう言われ、不思議な安堵感が胸の中で芽生えた。どうしてだろう、無茶苦茶なことを課されているのに、嫌な気分じゃない。

水槽の魚群に視線を向ける。優雅に青い水中を泳ぐ無数の悲しみ。これを私が操るの？

「でも、どうやって」

「まずは落ち着いて、魚群全体の輪郭を心で捉えるんだ」

「輪郭……」

言われた通りにやってみる。魚群全体の輪郭を、心で捉える……いや、さっぱり分からない。心で捉えるなんて、そんなふわっとした説明をされても無理だ。僧侶の修行みたいなことを言われても困る。

「分からないよ」

「雑念を捨てるんだよ。目を瞑って、できるだけゆっくり深呼吸をして集中を研ぎ澄ませる。そうして自分の意識の底まで潜るんだ」

あんなに私を突っぱねていた彼が、ここまで親切に教えてくれている。その厚意を無下にするのもよくないので、もう少し挑戦してみることにする。

目を閉じ、鼻から空気を取り入れ、胸を膨らませる。限界まで空気を溜め込むと、そのまま数秒停止する。そして口からそれを吐き出す。できるだけ時間をかけて。

その行為を何度も繰り返しているうちに、身体が自然と脱力していく。他の思考がどんどん薄れていき、ただ集中だけが針のように研ぎ澄まされていくのが分かる。つまりこれは、立ったまま瞑想をしているのだ。

「ふー……」

「その調子。いい？　ここの魚はみんな律さんの心から作られたものなんだ。目を閉じていても、段々感じ取れてくるはず。繋がったら目を開けて」

集中が高まっていく。真っ白な世界に私は立っていて、目の前にはぼやけた何かがある。

次第にそれは明瞭さを増していき、ついにはっきりと姿を現した。

青い光球だ。それが分かった瞬間、水槽の魚たちと心象風景が繋がった。そんな独特の感覚があった。

目を開ける。不思議な気分だ。水槽の中のあの子たちが、今自分の中にいるみたい。無数の小魚たちが、悲しみという一匹の魚のように思える。これが輪郭を掴むということなのだろうか。

「オーケー。じゃあ好きに動かしてみて」

「えっと、あの指揮棒借りていい？」

「律さんなら必要ないよ。手はこうやるとやりやすいよ」

お手本を真似て小指と薬指、親指を曲げ、残りの二本を指揮棒に見立てる。右手を魚群に向け、スマートフォンをスワイプするように、ゆっくりと右に動かす。

「あ……！」

魚の群れが、ゆらりとそちらへ泳いだ。本当に魚群を操ることができた。非日常的な体験に思わず心が躍る。

そのまま水槽内を泳がせてみる。何匹ものイワシがきらきら光りながら、ひとつの流れになって進む。まるで自分が銀色の軌跡を水槽に描いているみたいだ。

そっか、一匹ずつ操っているんじゃなくて、こうして群れの輪郭を操っているんだ。これは実際にやってみないと分からないな。

「その調子。さあ、次は左手も使って分けてみよう」

「うん」

左手を使い、魚群をふたつに分割する。それぞれを反対方向に泳がせ、今度はすれ違わせてみる。どうやら彼らは半自動で泳いでくれるようで、お互いがぶつかりそうになっても勝手に避けてくれる。本当に私はただ、彼らの進む方角を決めているだけなのだ。

「今度は、群れを四つにしてみて」

「四つ」

両手以上の数。完全にキャパオーバーだ。やってみようとするものの、上手くいかずに形が崩れ、ひとつの魚群に戻ってしまう。やっぱり難しい。操作対象が倍になるだけで、難度は倍以上に感じる。

「駄目だ、上手くいかない」

「そんなに難しく考えないでいいよ。ただ魚群をふたつに分けるのを、二回やるだけでいいんだ」

「えっと……」

ひとつの魚群を、ふたつに分ける。イワシたちはふたつの魚群になる。

ここから……そうだ。視野を狭めて、目の前の情報に振り回されちゃ駄目なんだ。心で捉えるべきなんだ。無数の小魚じゃなくて、ひとつの輪郭として捉えたように。画面が四分割されたひとつのテレビ画面を見るみたいに、自分を俯瞰してみる。

魚群は、やがて四つに分かれる。彼はこくりとうなずいた。

「今までは、イワシを動かそうと思って動かしてたでしょ？　だから手の動きもゆっくりだった」

私はうなずく。動かそうと思ったらいけないのだろうか。

「先に魚たちが進むための軌道を繋いで、置いておくんだ。そうすると、勝手にその動きをしてくれる。こう、水流の道を先に作って、そこにイワシたちを乗せてあげる感じ」

「う……こうかな？」

一旦魚群をひとつに纏める。そして腕を振り、水槽内を横に一周する軌道を作る。しかし、ただ魚たちが指に引っ張られ、素早く一周するだけに終わってしまった。これはこれで綺麗だけれども、彼の言うようにはできない。

「力んだら上手くいかないよ。先にイメージをしっかり固めなくちゃ。こう力を抜いて、透明なベルトコンベアを指で描くんだ」

「透明な、ベルトコンベア……」

この魚たちが、ひとつの帯となって水槽内を一周する。軌道の始まりと終わりを繋げば、あとはその流れに乗って泳ぎ続けてくれる。そんなイメージを形成する。

指を構える。魚群を見えない感覚で捉え、指を動かす寸前にふっと力を抜く。絵の具を纏わせた筆から、水だけを含ませた筆へと切り替えるように。そのまま鋭く横に円の軌跡を描く。そして、最後に終わりと始まりを合わせた。

　すると、魚たちは細い列となって水槽を遊泳し始めた。そのまま列の形を保ち、ゆっくりと泳ぎ続けてくれている。

「できた！」

「そうそう、上手い上手い」

　ぱちぱちと拍手され、思わず嬉しくなってしまう。自分の想像が現実になるのって、すごく楽しい。もっとイワシたちを自由自在に操ってみたいと思う。

「それじゃ最後だ。僕が最初に作った、あの形を作ってみて」

「あの形って……まさか、あの輪っかがいくつも回転してるみたいな!?」

「うん。ちょっと違っててもいいよ」

　タクトくんはにこりとうなずいた。多少慣れてきたとはいえ、あんなに複雑なものを描くのは難しい。多分あれ、初心者にいきなりやらせるようなものではないと思う。

「律さんならできるよ。悲しみを整理するんだ」

「悲しみを、整理する……」

　水槽を前に、一度だけ深呼吸をする。

　イメージしよう。いくつもの輪が重なった、小魚たちの道を。

　指を構え、大きく円を描いて遊泳の軌道を設置する。

細い天の川が伸びていき、広い水槽内にひとつの煌めく輪が生まれる。

そう、少しずつでいいんだ。膨大な量の小魚を、少しずつ取り出しては流れを与えていく。書道のように、指先は丁寧に用心深く、でも時々思い切って。

輪は段々と数を増やしていく。小魚の群れがひとつの輪になるたびに、心の波が静まるような感覚がある。漠然としたざわめきが、きちっとした形になるような。心のスペースに空きができると、より冷静になれる。

無心に手を動かしていると、気が付けばもう残る魚はいなくなった。代わりに、紺色の世界をゆっくりと循環する、魚群のリングができている。タクトくんの同心円状のものとは違い、いくつもの輪が重なった、知恵の輪のような形になった。三葉結び目の輪に似ている。

完結した天体を私は見つめる。難しいパズルを解いた時のように、頭の中がすっきりしている。思考が鮮明だ。いつもよりも自分の脳を支配できている、そんな気分だ。

「……できた」

彼は目を丸くして、大きな拍手をする。

「すごいや、飲み込みがものすごく早い。器用なんだね」

「そう、なのかな」

手先は器用な方だ。でも、おそらく彼が言っているのは、心の話なのだろう。確かに、物事を深く考えるのは得意だ。だからこそ、苦しいのだけれど。

やがて、神秘的な造形美を誇る魚群のリングは、はらりとほぐれてしまう。導き手を失ったイワシたちは、また一塊になっては悠々と水槽内を泳ぎ出した。

今でも夢みたいだ。あの魚たちを、私が自由自在に操ったなんて。

「どうだった？」

「不思議な気分。すごく楽しくて興奮しているんだけど、部屋で本を読んでる時みたいに落ち着いてる」

「でしょ」

彼はそう言って、私の隣で水槽を眺めた。私も同じようにイワシたちを見つめる。本当に美しいと思う。ちらちらと白く瞬いたと思えば、密集して大きな黒い影になり、うねり、巻き上がり、流れてゆく。海の中には、まだまだ私の知らない素敵な景色が隠れているのかな。

彼は銀色の小魚たちを眺めて口角を上げる。

「僕、このイワシたちが好き。弱い生き物かもしれないけど、一匹一匹が人の心を動かす光を持っているんだ」

「……うん。私も好きになった」

「だったら嬉しいな」

彼は素朴な笑顔を見せる。純粋な子だ。もう私の頭には、ここが得体の知れない場所という考えはなくなっていた。柔らかな空気に満ちた、とても優しい場所に感じる。

「ねえ、スタッフって他にもふたりいるんでしょ？　どんな人なの？」

そう問いかけると、彼は首を捻って視線を左上に向ける。

「んー……つつねえは引っ込み思案。利《とし》じいは先生みたいな人。パフォーマンスができるメインスタッフはこのふたりだけど、他にも裏方で頑張ってくれるサポートスタッフたちがいるんだよ」

そうか、他にも人がいるんだ。さっきの照明や音響も、そのサポートスタッフがタクトくんのパフォーマンスに合わせて調整してくれていたのだろう。

残りのメインスタッフはねえとじい。ということは、ひとりは女性、もうひとりは老人か。

「そうなんだ……ここのスタッフさんって、みんなただ者じゃない感じだと思ってた。大人しい人もいるんだ」

「うん。次に会うのはつつねえかな。本当はすごいのに、自分に自信を持てない人なんだ。会ったら優しくしてあげて。僕が言うのも何だけどさ」

「みんなのことが好きなんだね」

そう言うと、彼は優しい目になって、しみじみと微笑んだ。

「うん。僕にとって、この水族館は大切な居場所で、ここのみんなは家族みたいなものだから」

「……そっか」

ああ、この子は大事だからこそ、あんなにとげとげした態度を取っていたんだ。きっと、人よりも繊細なのだろう。繊細だからこそ、他人に傷付けられまいと武器を構えて守っている。あんなにツンツンしていないし、こんなに素直でもないけれど、やっぱり私とタクトくんはよく似ている。

自分と似ている人を見ると嬉しくなる。少しでもこの世界で、自分が孤独ではないような気がして。何だか、彼が生き別れの弟のように思えてきた。

「律さんには、そういう人はいる？」

「えっ……」

突然そう問いかけられて、思わず返答に困る。

家族以外の、自分にとって大切な存在。ずっとそれを遠ざけてきた。大切な存在になればなるほど、私に与えることができる傷が深くなってしまうから。

でも、いないよって答えるのも、何だか躊躇してしまう。私を理解しようとしてくれるあかりを踏みにじってしまうようで。遠ざかることを望んでいるくせに、いちいちそんなことを気にしてしまう。ああもう、いつまでも矛盾している自分が嫌になる。

「……よく、分からないの」

「分からないって？」

「ひとりだけ友達がいるんだけど、その……あんまりお互いのことを知らないっていうか」

上手く言語化できない。早く答えなきゃと焦るけれど、彼はゆっくりでいいよと言ってくれる。その心遣いが嬉しい。慌てずに自分の気持ちを整理する。

「何ていうか、仲よくできないんだ」

「その人のこと、嫌いなの？」

「ううん、嫌いじゃないんだけど……きっと私には、相手に心を預ける勇気がないんだ。友達は私によくしてくれるんだけど、私はそれに応えられなくて。いつも無愛想な態度を取ってるし、そんな私が大切な存在って言うのも、何だかすごく都合のいいような気がして……」

「なるほどね。仲よくしたいとは思う？」

「……分からない。そうだと思ってた人に、今までたくさん傷付けられてきたから……もう、人と距離を縮めるのが怖いんだ」

「うーん、なかなか難しい問題だ」

彼は目を瞑ってしばらく思慮にふけったあと、口を開いた。

「心を預けるのが怖いなら、相手のことをもっと知ろうとしてみたら？　それだけなら、別に心を閉ざしたままでもできるでしょ。ほら、イワシで喩えると、天敵がどこに住んでるか、どの時間帯に起きているのかを探るみたいに……それって食べられないためにも、自分を守るために必要な情報じゃん」

「そうだね……でも、なんで？」

彼は左上に視線を動かす。

「さっき、律さんはスタッフのことを聞いてくれたでしょ」

「うん」

「人ってね、質問されるだけでも案外嬉しいもんだよ。ああ、この人は自分に興味を持ってくれているんだなって分かるだけでも、結構安心するんだ」

人への興味か。私は他人に自分のことを詮索されるのが煩わしいけれど、それは他者と親密になりたくないからだ。仲よくなりたいと思う相手からの詮索は、嬉しいものなのだろうか。

ああ、そういえば昔はそうだった。好きなもの、趣味、何でも相手に聞いていたっけ。すっかり忘れてしまっていたことだ。昔は、相手を知りたいと素直に思えていたのにな。いつからこうなっちゃったんだろう。

「律さんは、その人を嫌ってる訳じゃないんでしょ」

「うん」

「じゃあ、せめて安心させてあげよう。この人は自分を嫌ってる訳じゃないんだなって分かったら、きっと相手は喜ぶよ」

確かに、あかりから見た私は、何を考えているのか分からない存在なのかもしれない。もしかしたら心の中では、自分を嫌っているかもしれない。そんな不安を抱えながら毎日一緒に過ごすのは、きっと苦しいはずだ。

悪いこと、したな。

私は悪いことをしてばっかりだ。彼女の善意を振り払って、ただただ安全な壁の中から拒絶して。

あの時だって、わざわざあんな無愛想なことを言わなくたってよかった。せめて「誘ってくれてありがとう」くらいは付け足すべきだったんだ。昔はそれも自然にできていたのに。

一体いつから、私はこんなにも不器用な人間になってしまったのだろう。心を閉ざして生きていくうちに、いつのまにか心の温度まで失ってしまったようだ。

ちゃんと腹を割って、自分の考えを伝えるべきなのかもしれない。私はあなたのことが嫌いじゃないけれど、人と仲よくするのが苦手なのって。でも、それも何だかずるい気がする。自分の弱さを相手に押しつけて、迎合してもらおうなんて。

結局、私が変わらなければなんの意味もない。そして、そうするにはあまりにも勇気が足りない。身体が成長すればするほど、当たり前のようにあった勇気がどんどん縮んでいっている気がする。

彼はしゅんと肩を竦めて言う。

「まぁ……僕も偉そうに言えるような立場じゃないんだけどね。最初の方はごめんなさい。僕も結構アレだから、初対面の人と上手く話せないんだ」

「ううん、気にしてないよ」

彼はそれを聞くと、ほっとした表情を浮かべる。

そっか、みんな不安なんだ。

「だから、律さんの気持ちもちょっとは共感できるんだ。僕もスタッフのみんなに悪口を言われたら、多分ものすごく傷付いちゃうと思う」

「タクトくんは怖くないの？」

「ううん、めっちゃ怖いよ」

「じゃあ、どうしてそんなにも心を開けてるの？」

「そんなの簡単なことさ」

そう言うと、彼はちょっと恥ずかしそうに笑った。

「みんなのいい部分をたくさん知ってるからだよ。こういう言い方をすると変かもしれないけど、この人になら傷付けられてもいいって思うんだ。実際、生きてると喧嘩することだってあるしね」

傷付けられても、いい。そんな考えは初めてだ。

だって、傷は痛みで、痛みは生を脅かすもの。私たちは生物である以上、可能な限りそれを避けなくてはならない。

「確かに律さんの言う通り、親しくならない方が傷も浅くて済むかもしれないね。でも、親しいからこそ仲直りをして、痛い部分を癒やし合えるんだよ。僕はずっと傷が傷のまま残るよりも、そっちの方がいいな」

「……親しいから、こそ」

幼い少年の考えに感銘を受ける。彼は私なんかよりも、よっぽど大人だ。痛みを前提として生きていくなんて。傷付くことを恐れてばかりいる自分が恥ずかしくなった。彼と同じ年だった頃の私は、こんなにもしっかりした考えを持っていただろうか。

心の傷は不可逆的なものだと思っていた。でも、必ずしもそうとは限らないらしい。この子は人間と向き合おうとしている。その強さがただただ眩しく、羨ましい。

ちっぽけな私でもまだ、この子のようになれるだろうか。

「そりゃあ、たくさん傷付いてきたなら、人に対して慎重になるのも仕方ないよ。僕だってそうだもん。まずは自分を守るためだと思って、相手の情報を集めることから始めればいいと思う。いいところも悪いところも知って、そうやって、この人になら傷付けられてもいいって思えたなら、いつかきっと自分の方から歩み寄れるよ。だから心配しないで」

「タクトくん……」

胸が、じんと熱くなる。

人からこんなことを言われたのはいつぶりだろう。私の心は、ずっと自分を大事にしてくれる言葉に飢えていたのだ。

ああ、涙目になってきた。勘弁してよ、人前で弱さを見せるなんて……でも、いいかな。ここはカナシミ水族館なんだから。タクトくんになら、そういう姿を見られてもいい。

須波さんの言葉を思い出す。僕らはみんな君の味方だから。まだ他のスタッフのことを何も知らないけれど、本当にそうなのかもしれない。突然ここに来て警戒していたとはいえ、ちょっと彼に嫌な態度を取り過ぎた。戻ったら謝らなければいけない。

「好きなだけ泣いていいよ。なんたって、ここはカナシミ水族館だからね」

タクトくんはそう言って、ハンカチを貸してくれる。紺色の生地に白いイワシがプリントされている。いかにも彼らしいデザインだ。何だか可愛らしくて笑顔になってしまう。姿を見せていた涙はすぐに引っ込んだ。

「ありがとう」

お礼を言ってハンカチを返す。彼はそれをポケットにしまうと、おかしそうに言った。

「月にいだってさ、ただの落ち着いたイケメンに見えるでしょ。でもお酒を飲んだら上機嫌になって、やたらと肩を組んでくるんだよ」

「そうなの？　あの人が？」

その光景を想像してびっくりする。大人びた落ち着きを持つあの青年が、酔って絡んでくるなんて。真面目な人だと思っていたけれど、案外お茶目な一面があるものだ。

「めちゃくちゃお酒弱いんだよ月にい。一杯ですぐに顔が真っ赤になる。毎回最初は遠慮するんだけど、利じいが何だかんだで上手いこと言って飲ませるんだ。はあ、僕も飲んだらあんな風になるのかなあ」

「まあ、人によって色んな酔い方があるだろうから……ねえ、それって、スタッフみんなでお店に行ったりするの？　でも、ここって海を渡る船なんだよね」

彼らがどこでそんなことをしているのか、さっぱり想像できない。この水族館は人々の無意識下の海を渡る船って言ってたけど、大陸は存在するのだろうか。

「ネムリ島……みんなの夢で作られた島があるんだ。島によってかなり違いはあるけど、栄えてるとこはお店があったりするね。でも普段はあんまり行かないかな」

「じゃあ、一体どこで」

「スタッフルームがいくつもあって、部屋にみんなで集まってよくお疲れ様会をするんだ。つつねえは料理が上手なんだよ。よく僕にイワシのハンバーグを作ってくれるんだ」

「イワシ、食べるんだね……」

「うん。見るのも食べるのも、僕たちは魚の全部が好きだから」

「そうなんだ。なんかいいね、そういうの。大勢でワイワイするのは苦手だけど、気の合う人たちとだったら楽しいかも」

自然と口から出たその感想を、自分でも不思議に思う。

私は、バーベーキューの集まりなんかが苦手だった。大勢で集まってご飯を食べたりする。やっていることは同じなのに、どうして今はそう感じるのだろう。

結局それは、自分が輪の外側にいるからなのかもしれない。本当に私が嫌なのは、大勢の中にいることじゃなくて、仲よしじゃない人たちと一緒にいること。つまり、私を脅かすかもしれない人間の行動範囲に入っていること。

でも、最初は誰だってただの他人だ。そこから一緒に過ごして、色んな面を知って、少しずつ仲よくなっていくのだ。

この小さな少年から、本当に色んなことを教えてもらった。

そろそろ私も、次のホールへ向かうことにしよう。

最後にこの美しい水槽をじっくりと見つめる。決して忘れないように。思い出が色褪せないように。

「私、そろそろ行くね。もっとこの水族館のことを知りたい」

「うん、それがいいよ。最後に、ちょっとチケット貸してくれる？」

「えっ？　うん」

よく分からないけれど、カナシミチケットを彼に渡す。何か、不具合でもあったのだろうか。

再び彼は指揮棒を取り出した。それは悲しみの光を纏い、段々と指揮棒から小さな何かへ形を変える。

「形が変わった……！」

彼が結晶板にそれを合わせると、ぽうっと小さな青い光が漏れた。そうか、これは印章だ。

「僕たちが使う道具はね、印章にもなるんだ。はいどうぞ」

手渡されたカナシミチケットを確認する。中央の四つ葉の右下に、三匹のイワシのスタンプが刻印されていた。魚のシルエットが悲しみの光を放っている。

「わあ、素敵……！」

「パフォーマンスが終われば、スタッフからこんな風にスタンプをもらえるよ」

「スタンプラリーってこと？　次はどんなデザインなんだろ」

「ふふ、それは行ってからのお楽しみ」

ただの綺麗なチケットと思っていたけれど、こんな仕掛けがあるなんて。最終的に、このチケットはどんなデザインになるのだろう。全部集めた時が楽しみだ。早く次のホールに向かいたくなる。

「それじゃ、えっと……その」

そう言ったタクトくんは、ちょっと躊躇ってから、おずおずと右手を差し出す。その手をきゅっと握ると、身体がぴくっと跳ねた。

顔が真っ赤になっている。照れ屋なのに頑張っているのだ。微笑ましい気持ちになる。

握手を終え、彼は赤くなった顔を腕でこすってから言う。

「覚えておいてね。どんな時も、僕らは君を応援してるって」

「うん。本当にありがとうタクトくん。じゃあね」

「いってらっしゃい、律ねえ」

投げかけられた呼び名に心が跳ねる。

律ねえ。いい響きだ。私もただのお客さんから、タクトくんの大事な人になれたのだろうか。ああ、人と心を縮めるこの喜びも、すっかり記憶から消えていた。誰かと仲よくなるのって、こんなにも嬉しいんだ。

この水族館に来てよかった。

少しご機嫌な足取りで、私は新たなエリアへ向かう。

頭の中には、まだ魚群の煌めきが鮮明に残っていた。

3．オパールの遊び場

通路を歩いていくと、再び右手に横長の水槽が現れる。

ジンベエザメがすぐそこを横切り、後れて様々な種類の魚たちが現れた。よく見るとウミガメも泳いでいるようだ。

こっちの水槽には、まだ私が見ていない魚がたくさんいる。それもそうだ、何しろ規格外の大きさなのだから。入り口みたいに全体を捉えることはできないけれど、これでも充分に楽しめる。

左には小さめの水槽が並んでおり、数種類の魚を展示している。その色んな魚を目で楽しみながら歩いていくと、イソギンチャクが密集している水槽を目にする。

白いモップのような触手。そこでちらちらと見えるオレンジ色の身体に白い縞模様。これは知っている。クマノミだ。映画の主人公として有名になった魚。

説明文を読みながら呟く。

「いいなあ」

クマノミは、イソギンチャクと共生することで有名だ。クマノミはイソギンチャクに外敵から守ってもらい、代わりに後者は前者が食べ残した餌を得ることができる。クマノミは特殊な粘液で身体を覆っているから、触手の毒が効かないのだそうだ。

はっきりした利害関係。お互いに利があるから、お互いを攻撃することもない。言い換えれば、お互いを守っている。そんな関係を築けているのが羨ましい。

でも、人間はそうはいかない。

タクトくんの考えは、私ひとりでは辿り着けないものだった。傷付くことを避けようとするのではなく、それを受け入れた上で仲直りをする。仲直りというものも、ずっと昔にやって以来身に覚えがない。

喧嘩の仲直りにだって、限度がある。取り返しの付かないことはあるものだ。今後の人間関係を修復することが不可能なほどの、一線を越える行為。それすらも許してしまえば、ただの都合のいい人間になってしまう。

何でも謝れば許してもらえると思っていたら、きっと色んなものを粗末に扱ってしまうようになるだろう。だからこそ、慎重にならなければいけない。相手が一線を越えるようなことをしない人間か。少なくとも、今までの友達はみんなそのラインを越えてきた。

私はただ拒絶しているだけだった。誰とでもすぐ打ち解けられる人はいるけれど、少なくとも私は間違いなくそういうタイプではない。

これからは、もっと相手に興味を持たなければ。そうだ、相手のことを何も知らないのに、心なんて開けるはずがない。

私はあかりのことを何も知らない。

休日、何をしているのだろう。転校してくる前は、どんな生活を送っていたのだろう。向こうにだって友達がいたはずだ。

彼女の過去を想像していると、新たな水槽が目に入る。

「……あっ」

岩のようなそれを視認し、私は立ち止まった。

人食い貝、というものを耳にしたことがある。

巨大な貝殻で人の手足を挟み、そのまま溺死させてしまうという恐ろしい貝。子供の頃その貝のことを聞いた時は恐れおののいた。

重い殻に手を挟まれ、そのまま逃げ出せずに溺れてしまう。その焦燥と恐怖を想像し、海にはなんて剣呑なものがあるのだと思った。

そして、その貝が今、目の前に展示されている。

灰色の岩の表面を覆う、様々な種類の海藻。クッキーみたいな色の珊瑚。それぞれが生え並ぶくぼみに座し、その貝は圧倒的な存在感を放っていた。

二メートルはある、見るからに頑丈そうな扇形の貝殻。色は岩とそっくりだ。波状に湾曲した閉じ口からは、収まりきらないのか、肉厚な外套膜が姿を見せている。その色があまりにも美しく、私は何も言えずにじっとそれを見つめていた。

　夜空みたいな黒の中に、ターコイズ色の線が細かく刻まれている。どこか神々しい蛍光色の模様は、ともすれば複雑な電子回路のようにも、満月に照らされ夜風に揺らぐ海面のようにも見えた。

　シャコガイって、こんなに深みのある色を持っているんだ。海中でこんなに綺麗なものを見つけたら、思わず手を伸ばしてしまう気持ちもよく分かる。この世のものとは思えない色彩だ。無骨な外側の中に華やかさを隠しているのは、桜の木とよく似ている。

「あ……」

　しばらくの間、私はその貝に見とれていた。そうしていると、殻の奥から燐光が放たれ、その外套膜をさらに神秘的に彩る。その入り組んだ輝きの中に、果てしない奥行きを感じた。

　この殻の中には、ひとつの宇宙が広がっているのかもしれない。いや、もしかしたら、私たちが今いるこの世界すら、何かの貝殻の中なのかもしれない。そんなことを想像する。

「……中身を知らないと、何も分かんないよね」

　シャコガイがこんなにも素敵な色をしていることも、知らなければ分からない。殻にこもっているだけでは駄目。それは分かっているんだけれど、やっぱりそう簡単にはいかない。

あかりにどんな質問をしよう。趣味、休日の過ごし方。でも切り出し方が分からない。だって、今まであんなに愛想のない態度を取ってきたのに、今更聞くのも変だ。

それに、何と言っても気まずい。あの誘いを断ったのは私なのだから。

ここにカメラがあったら。心の底からそう思う。この綺麗な貝の写真を、この不思議な水族館の写真があれば、話しかけるきっかけになるのに。でも、ここは私の心の中で、もしカメラがあっても現実世界には持って帰れない。

それに、もしかしたら、目が覚めた時にはすべて忘れてしまっているかもしれない。そう考えるとぞっとした。もう一生見られないような、こんな素敵な光景を忘れてしまうの？　そんなの嫌だ。

シャコガイの輝きが終わりを迎える。悲しみの光がなくてもやっぱり綺麗だ。

「どうすればいいのかな」

そんな弱音も、鈍重な殻の奥に吸い込まれてしまう。

ため息をついていると、ふと、タイの水槽に設置された、魚の豆知識コーナーの文字に目が行った。そこには、【魚だって日焼けするんです！】と書かれている。壁に飾られた写真を見ると、確かに色が全然違っていた。片方がさっぱりした桜色なのに対して、もう片方は色が濃く、少し黒ずんでいる。一匹だけじゃ分からないけれど、比べてみると違いが分かった。養殖のタイは浅場で育つため、日光の影響を受けやすいそうだ。色から判断するに、この水槽のタイは日焼けしていないように見える。

日焼けなんて、しちゃ駄目なんだ。

今の私とは似ても似つかないけれど、小学生の頃は結構夏が好きだった。紫外線なんて、何も気にせずに遊んでいた。将来シミができるみたいな話は聞いていたけど、あの頃は重要性が分からなかったから、何も心配せずに外ではしゃいでいたっけ。

ただ、元々肌が弱くて色白な方だから、日に焼けるとすぐに肌が痛くなった。だから夏の間は、日焼け止めを毎日塗って肌を守っていた。

そういう訳だから、私は他の子たちが持つ小麦色の肌に憧れを抱いていた。なんて言えばいいんだろう。一夏の思い出が身体に染み付いているようなその色が、私には眩しかった。みんな夏を満喫しているのに、自分だけ夏の中にいないような、そんな疎外感があったのだ。

私も、あんな風になりたい。ずっとそう思っていた。

それを決行したのは、確か小学四年生の頃。夏休みに、両親が海辺へと旅行に連れていってくれた。真夏の海。小麦色の肌を手に入れるのには最高のシチュエーションだ。

お母さんは何度も日焼け止めを塗りなさいと言ったけど、私は断固として拒否をした。たまには日焼けしたいの。そう言い続けて納得してもらった。その行いのツケは、後日全身の痛みで支払うことになる。しばらくまともに眠れなかった。あれは本当に痛かったなあ。

やっと痛みが治まった頃、私は憧れの自分になっていた。あの真っ白な自分が、こんなにも夏色になっている。それがとっても嬉しくて、夏休み明けが楽しみだった。みんなに自慢したくて仕方がなかったのだ。

ようやく二学期が始まり、堂々とクラスに入った私を、ひとりの男子が発見して言った。

『うわっ、似合わねえ』

ショックで思わず言葉を失った。まさか、あれほど苦労して手に入れた肌を否定されるなんて、夢にも思っていなかった。

それに、向こうは悪口を言いたくて口にした感じではなかった。デリカシーの欠片もないけれど、ただ感じたことが反射的に出たようだった。純粋な感想、それが余計に私の心を殴った。いいと思っていたのは自分だけで、相手からは、そう見えていないのだ。

『白井《しろい》が黒井《くろい》になってるじゃん』

私は肌が白いから、よく男子に平井をもじって白井とからかわれていた。男子たちは、夏休み明けデビューを決めた私を、ここぞとばかりにからかった。

女子たちはかばってくれたけど、あれは本当に私を助けるためだったのだろうか。ただ、男子への敵対心でそうしていただけかもしれない。あの子たちは、本当は私の日焼けをどう思っていたのだろう。そうだ、お母さんも私を見て、『律がいいならいいんだけど……』と、どうにも煮え切らない反応をしていたっけ。

憧れの私は、人から見ればみっともない私だった。

自分に自信を持てなくなったのは、この出来事が始まりだったのかもしれない。

それ以来、私は極端に日差しを避けるようになった。肌が焼けるあの感覚が、まるで自分を損なう呪いのように感じられてしまうのだ。

「……あなたは日焼けしても綺麗だよ」

色なんて知ったことではないという風に泳ぐタイに、私はそう伝えた。

「……あ」

やがて、また奥の方にトンネルのような通路が見えた。結構進んだから、またスタッフがいるホールへと辿り着くのだろう。

今度のスタッフ「つつねえ」は、どんな人なんだろう。タクトくんの大切な存在だからって、私と気が合うとは限らない。でも、だからといって仲よくなれないという訳でもないはずだ。

まずは、彼女に興味を持とう。カナシミ水族館のスタッフとしてではなく、人として彼女に好奇心を向けるんだ。

上手く、できるかな。

もしかしたら、余計に傷付いてしまうかもしれない。

でも、ほんの少しだけでもいい。不器用になった自分を変えたいんだ。

不安をそっと握りしめ、私は光の方へと進む。


水色と薄緑色の照明が淡くホールを照らしている。その中央には二十メートルほどの円いプールがある。プールといっても、ここには水を遮るガラスがないから、まるで大きなゼリーがどんと設置されているように見える。照明の加減か人工的な感じがしなくて、森の中の泉のような雰囲気だ。

その水の塊の中を切り裂く、いくつもの背ビレ。

そこでは何頭ものイルカが目まぐるしく泳ぎ回っていた。つまり、ここはイルカショーのホールだ。その割にはプールをぐるりと取り囲む観客席がなく、代わりに白いベンチがひとつだけ設置されてあった。

やはりというべきか、そのプールに背を向け、ひとりの女性が立っている。

年は大学生くらいだろうか。男性と比べても見劣りしないような身長。青い半袖シャツと黒いハーフパンツ。さらにその下に、ランナーが着ているような黒い長袖のインナーを着込んでいる。確か、コンプレッションウェアだっけ。身体の動きをサポートするための服。

大人っぽくうなじの辺りで二つ結びにした茶髪、はっきりとした睫《まつげ》、切れ長の目。思わずこちらの背筋が伸びるような美人だ。

胸元には、紐を通した青い笛をかけている。透き通るシーグラスのような素材。きっとあれは、タクトくんの指揮棒と同じようなものだろう。

彼女は意を決したように口を開く。

「お、お、お待ちしておりましたっ！」

盛大に声が裏返った。これにどう反応したものか、と頭を悩ませる。

「……こんにちは」

会釈してからはたと気付く。今ってお昼？　それとも夜？　こんにちはというあいさつは相応しくなかったかもしれない。しかし、それどころではないようで、目の前の女性はさらに続ける。

「だ、第三ホール『飛沫《しぶき》の間』を担当しております、沢渡《さわたり》つつみと申します！　よろしくお願いいたしますっ！」

「よ、よろしくお願いします……」

豪快にお辞儀をされ、こちらも深々と上半身を下げる。何というか、一生懸命という言葉が言動に満ち溢れている人だ。容姿端麗な見た目とは裏腹に、どこか幼い少女のような印象を受ける。

「どうぞっ、こちらが一番よく見えますのでっ！」

促されるままベンチに座る。確かにプールに一番近いから、きっと迫力もすごいだろう。でもここだと水飛沫が飛んでくるんじゃ。ああ、でもここの水は濡れないんだったっけ。それなら水を被っても大丈夫か。

「では、少々っお待ちください！」

そう言って、彼女は危なっかしい足取りでプール奥の舞台へと向かう。本当に大丈夫なのだろうか。タクトくんの時とは違う意味でどきどきしてしまう。

彼女は目を瞑った。スタッフが魚と共鳴するための深呼吸だ。おそらくはイルカを自在に操るために、心を静めて集中しているのだろう。

両指を組んで笛を握っている様子は、乙女が神様に祈りを捧げているようにも見える。その姿だけでも随分と様になっている。有名な画家が描いた一枚の絵画みたいだ。

と、その祈りが終わった。もういいのだろうか。タクトくんに比べるとものすごく短い。

「それでは、はっ始めさせていただきます！」

今度は、一体どんなパフォーマンスが見られるのだろう。ごくりと唾をのんで背筋を伸ばす。

彼女は笛に息を吹き込んだ。甲高い音がホールに響く。イワシの魚群を操る指揮棒のように、きっとこれでイルカに指示を出すのだろう。

しかし、何も起こらない。

「……」

もう始まっているのだろうか。それとも、今のは何かの仕込みをしただけ？　何が起きているのか分からないまま、座って彼女を見守る。

再び笛の音が鳴り響いた。何だか余裕のない、切羽詰まったような響きだった。

やはり、何も起こらない。イルカたちは笛の音色もどこ吹く風で、気ままにプール内を泳いでいる。

もしかして今、失敗しているのだろうか。

何だかいたたまれない気持ちになってきた。他人が失敗している様子を側で見ることほど、気まずいものはない。このまま見ていればいいのか、それとも目を逸らしてあげるべきなのか。

しばらくして、また彼女は笛を鳴らした。さらに高い、耳がキンとなるような音だった。

思わず両耳を塞ぐ。おもちゃを買ってもらえずに喚く、小さな子供の金切り声に近い。

何も知らない私でも、これではイルカたちを動かせないと分かった。

重い沈黙がホールに充満する。静かになった笛の代わりに、イルカのキューィというホイッスル音が鳴っている。何だかとても皮肉に感じた。

これ、私はどうしたらいいの？

突如発生したアクシデントに戸惑う。やり直しはできるのだろうか。この様了ではショーを続行できなそうだ。

沢渡さんを見る。手が震えているのがここからでも分かる。ついにはその大きな目から、涙が流れ始めた。やがて彼女はその場にへたり込み、泣き崩れてしまった。

どうしよう……。

自分が取るべき行動が分からない。そそくさと次の場所を目指すべきなのか、それとも。

でも、どう慰めればいいのだろう。相手は年上だし、観客に慰められるというのも本人にとっては余計惨めに感じてしまうかもしれない。泣いている人の心に踏み込むなんて、そんな無責任なことはできない。やっぱり、こっそり次のエリアへと向かうべきなのかも。

でも……。

『会ったら優しくしてあげて』

その時、タクトくんの言葉が頭に浮かんだ。きっと彼は、こうなる可能性を考えていたのだろう。

そうだ、私はとてもよくしてもらった。悩みを聞いてもらった。魚群を操るなんて、夢みたいな体験をさせてもらった。久しぶりに誰かと仲よくなれた。

　ここの人たちから受けた恩は、ここの人たちに返したい。

　覚悟を決めた私は、彼女の方へと向かった。心臓がまた騒ぎ出す。うるさい音を立てて刺激しないよう、注意深く小さな階段を歩く。舞台に上がると、青い水面が広がっていた。舞台とプールの高さに差がないから、まるで泉の上に立っているようだ。

「あの……」

　弱々しい背中がびくりと反応する。

「す、すみませんすみませんっ、ご迷惑をっ」

「いえ。その……大丈夫ですか？」

「はい、すぐっすぐに立て直しますので……っ」

　口を右手で覆い、必死に嗚咽を抑えながら彼女は頭を下げる。

　その悲哀に満ちた響きに、心が痛くなった。どうしてこの人が、ここまで悲しまなければいけないのだろう。

　言葉は扱いが難しい。使い方を誤れば、その人を傷付ける刃になる。その刃渡りはナイフだったり、包丁だったり、時には刀にまで大きくなってしまう。私がここから余計なことを口にすれば、ますます彼女を苦しめる結果になるかもしれない。

　そう、言葉とは本当に怖いものだ。だから私は拒絶した。誰かが私に言葉を向けるのを。

自分が誰かに言葉を向けるのを。もう、傷なんてうんざりだったから。

それでも、今この人に、言葉をかけたいと感じている私がいる。

それはきっと、とても大切なことだ。

「あの、ゆっくりで大丈夫ですよ。全然急いでないので」

焦っている時、自分にかけられて嬉しかった言葉。人からもらったその言葉を、また別の人にかける。少しでも心が安らぐように。できるだけ、安心できるような声色で。威圧感を与えてしまわないよう、片膝をついて視線を合わせる。

「ごめんなさい、あたし本当に駄目でっ……緊張しいで、いつも失敗しちゃってて」

彼女はうなだれて大粒の涙を落とす。

こういう時、ハンカチか何かがあればいいのに。差し出すものが手元にないのが歯痒い。

「その、失敗することは誰にでもありますよ。たまたま今回がそうなっただけで」

そう言うと、彼女は大きく首を左右に振った。揺れる茶髪がその言葉を振り払う。

「今日が初めての本番だったんです、絶対に成功させなきゃいけなかったのに、あたし……！」

なるほど、そういうことか。あれほど緊張していた理由が分かった。須波さんやタクトくんのような慣れを彼女から感じないのは、まだ経験を積めていないからだったのだ。

確かに初めては緊張する。私もバイトを始めたばかりの頃は、レジにお客さんがやってくるのが本当に怖かった。

「あたし新入りで、いつも他のスタッフに迷惑をかけてて、だから今日こそはちゃんとやろうって……それなのに……！」

流れる感情がさらに大きくなる。きっと、沢渡さんは今日のためにたくさん頑張ってきたのだろう。いつもお世話になっているスタッフたちのためにも、このパフォーマンスを絶対に成功させたくて、そして上手くいかなかった。その悔しさと自己嫌悪は計り知れないはずだ。

大事な人たちに申し訳ない。目の前のお客さんに申し訳ない。多分今は、そんな気持ちに押しつぶされそうなはず。罪悪感でいっぱいになった心を、どうすれば癒やせるんだろう。私は別に失敗されたって構わないけれど、きっと本人がそれを許さない。

分からない。自分すら救えない自分が、どうやったら他人を救えるというのか。何だか、私まで泣きそうになってきた。

涙腺が刺激されたその時、私は今自分がすべきことに気付く。

答えなら、生まれた頃から知っていた。

そうだ、ハンカチなんて必要ない。ただ、この人の悲しみに寄り添えばいいんだ。

袋入りのわたあめを触るみたいに、ふわりと彼女を抱きしめる。

私たちが赤ちゃんだった頃も、きっと何度もこうしてもらっていたはず。抱擁は、悲しい生物が本能的に求めている行為なんだ。

「あっ、あの……!?」

目を瞑って、慈しみを持って彼女の頭を撫でる。髪の一本一本が絹みたいだ。何だか花みたいな香りがする。

「大事な人たちに、報いたかったんですよね」

共感というものが、今までよく分からなかった。人の心は個別的だから、本当の意味で理解することはできないと。そういう考えを持っていたから、共感なんてものは理解したつもりになるだけの、薄ら寒い自己満足だと思っていた。

でもきっと、人は心が分からないからこそ、分かってくれることを望んでいるんだ。もっと正確にいえば、自分の気持ちを分かろうとしてくれる人。その心遣いが、きっと相手の心をほぐしてあげられるんだろう。

人の痛みはその人にしか分からない。それはつまり、私たちは痛みに関しては、みんな孤独ということになる。ひとりぼっちでその苦しみに対処しなければならないからこそ、隣に立ってくれることが嬉しいんだ。

勝手に分かったつもりにならないで、なんて思っていた自分が嫌になる。

実際、そういうことをしてくる無神経な人間もいる。でも、善意でそうしてくれる人だって、確かにいたはずなんだ。

「私はここのことをあんまりよく知らないですけど……すごく優しい場所なんだなって思います。須波さんとはまだあまり話せてないんですが、タクトくんとは話せました。この水族館とスタッフさんたちが大好きだって。きっと、お互いがお互いのことを、本当に大事に思ってるんだなって感じます」

言葉が、想いがすらすらと流れてゆく。言いたいこと、伝えたいことをただ口にする。ずっと抑え込んできた行為。自分の心の盾を捨てる行為。相手の心に足を踏み出す行為。

今まできつく蓋をしていたものが解放される、一種の清々しさのようなものを私は感じていた。

タクトくんは泣いてもいいよって言ってくれたけど、やっぱり私は笑顔でいてほしいと思う。

だからどうか、泣かないで。

「だからその、あんまり自分のことを卑下しなくてもいいと思います。タクトくんも沢渡さんのことを、すごい人なんだって言ってましたし」

「タクトくんが、私を……」

しばらくの間抱きしめていると、段々彼女の震えが落ち着いてきた。あったかい。触れ合っている部分から、優しい温度が伝わってくる。

きっと心の中には、他者のぬくもりでしか溶かせない氷があるのだろう。幸せな感覚だ。

安心感が泉のように湧き出てくる。彼女を助ける行為のはずなのに、ずっとこうしていたいと思ってしまう。相手の鼓動が伝わってくる。ひたすらに私と彼女の心が近い。でも、それが嫌じゃない。

そっと指を向ける。人の涙を拭うのに、ハンカチなんていらなかったんだ。親指の腹で慎重に彼女の悲しみを取り去る。

もしかしたら、本当に大切なものは、言葉じゃなくて行為なのかもしれない。言葉がなくたって、大事なものを相手に伝えることはできる。それは場合によれば、言葉よりも相手の心に届くこともある。

彼女の涙は次第に止まり、溺れていたような呼吸は穏やかなものになった。どうやら落ち着いてきたみたい。

……あれ、もしかして私、初対面の人にとんでもないことしてない？

ふと我に返る。冷静になってしまうと顔が急激に熱くなる。

出会ったばかりの、しかも年上の女性を抱きしめるなんて。っていうか、いつまでこうしておけばいいんだろう。こういうことを人にしたことがないから、離れるタイミングが分からない。私から離れるのも、何だか突き放しているみたいな感じがする。彼女の方から離れるのを待つべきだろうか。

「ありがとうございます。律さん」

ゆっくりと身体が離れる。目と鼻の先に微笑む彼女の顔があって、思わずどきりとしてしまう。哀の潤いを宿した両目に、私は何か心を打つような美しさを垣間見た。顔立ちの綺麗さとは違う、本質的な美を。

「おかげで落ち着きました。パフォーマンスを失敗した上に、まさか、お客様にこんな姿を見せてしまうなんて……」

「あの……それなんですけど」

怖さに肺が膨らむ。私はやれるだけのことをやった。もうこれ以上、余計なことをするべきじゃない。ここから先は蛇足だ。今回ちょっと成功したからって、調子に乗ってはいけない。

でも、このままじゃ沢渡さんは自信を持てないままだ。ただ本番で失敗したという無力感だけが残ってしまう。本当にこの人を救うためには、やっぱり成功を体験してもらわなければいけない。

「もう一度、やってみませんか」

「えっ」

私は今、とても残酷なことをしているのかもしれない。失敗したばかりの人に、もう一度同じことをやれなんて。それで今回も上手くいかなかったら、ますます彼女の心を抉ってしまう。

それでも、この人を笑顔にしたい自分がいる。

「で、でも、あたし本当にダメダメで」

「できるまで何度だって付き合います。私、沢渡さんのショー、見てみたいです」

「その、本当にどれだけかかるか……」

違うな、こうじゃない。これじゃあただの無茶ぶりだ。もっと相応しい言葉があるはず。

私が言われて安堵した言葉は、そう。

彼女の手をきゅっと握って、不安げな目をしっかりと見て伝える。

「沢渡さんなら、きっとできると思います」

何の根拠もない後押し。そう、これは魚群を操る前に私が言われた言葉だ。

見方によってはとても無責任だけど、それでも勇気をくれる言葉。

お前がなれる訳ないだろ——未だに心の中には、先生に言われたあの呪いが残っている。

だからこそ、誰かが自分の成功を信じてくれることが嬉しかった。このお姉さんが自分の成功を信じられないなら、私が代わりに信じよう。

八の字に下がっていた彼女の両眉が、すっと上がる。

「……はいっ、やってみます！」

やる気になってくれてほっとする。そしてまた自分が大胆な行動をしていることに気付いて手を離す。

私、一体どうしちゃったんだろう。こんなことするキャラじゃないのに。このカナシミ水族館を進んでいくうちに、何だか自分が変わり始めているのを感じる。

それに、そうか、私は沢渡さんに一種の仲間意識を抱いているんだ。悲しみに噎《むせ》び泣いている姿を見て、心の中の自分と重ね合わせている。だから放っておけないんだ。

立ち上がった彼女は、ベンチの方を一瞥する。

「それじゃ、席に……」

「あの、私も側にいていいですか？　もし集中の邪魔になるなら離れます」

「あっ、構いませんよ」

側にいて見届けたい。ありがたいことに、そんな私の我が儘を受諾してもらえた。

プールに視線を向ける。一頭のイルカが舞台の端に頭を乗せ、こちらを眺めていた。

この水族館のイルカが現実と同じイルカかは分からないけれど、やっぱり気になっていたのだろうか。少ししてからその子は水中に戻り、のんびりとプールを泳ぎ出した。

「多分、さっきは焦っちゃったんじゃないですか？」

「はい……あんまりお客様を待たせるのもよくないなって。でも上手くいかなくて、ますます頭が真っ白になって」

気持ちは分かる。私もレジが故障して上手く動かない時に、お客さんがぞろぞろ並んできたらものすごく焦る。早くうちの店でもセルフレジを導入してほしいものだ。

「タクトくんはものすごく時間をかけて集中してました。いくらでも待ちますから、沢渡さんの気が済むまでやってみればいいと思います。ここは時間の経過？　を気にしなくていいらしいですし」

「……ありがとうございます」

彼女は笛を両手で包み、目を閉じた。

息を吸う音が聞こえる。どれだけ時間がかかってもいい。自分の潜在能力を十二分に発揮できるのなら、それまで私は待ち続ける。

彼女の準備を見守りながら、プールを泳ぐイルカたちに目を向ける。青いゼリーみたいな水の中で、黒いシルエットが自由に動いている。

お願い、どうか力を貸してあげて。彼女の手を倣って、そんな祈りを込める。

人を見守るというのも、なかなか疲弊する。もしかしたら自分でやるよりもハラハラしているかもしれない。運動会で子供を見守る親も、こんな気持ちなのだろうか。

隣から聞こえる呼吸の間隔が、長くなっていく。身体の中から雑念が排出されている。

精神状態というのはとても大事な要素だ。何というか、心の重心が浮いていると人は脆くなる。反対に、心の重心をぐっと落としていれば、多少のことには動じずに自分の力を遺憾なく発揮することができる。

心を落ち着かせることは、自分が思っていたよりも本当に重要なことだと感じる。何かの試合やテスト前じゃなくても、思考を整理するには心の中を静めないといけない。

いい調子。沢渡さんの意識がどんどん深くまで潜っていっているのが分かる。

「……？」

彼女の眉間に、ほんの少し皺が寄った。

心が、揺れている。

どうしてだろう。彼女は今、何を思っているの？

想像しなければ。そう、人の考えていることが分からなくても、想像することが大切なんだ。私たちの想像力は、きっとそのためにある。

この人は自分に自信がなくて、そして今、私に勧められて再び挑戦しようとしている。でも、やっぱり恐怖が邪魔をしてくるはず。上手くいくか分からない不安。人に失望されるのが怖い。本当に自分なんかにできるのかという迷い。私ならきっとそんなことを感じる。おそらく、それが集中の邪魔を、正確にいえば挑戦の邪魔をしているのだろう。

呼吸の間隔が短くなってきた。もっと集中しなきゃ、と自分に言い聞かせているように見える。

じわじわと、失敗の匂いが舞台にまでにじり寄る。

このまま、横で突っ立っているだけでいいの？

私に何ができるだろう。どうやったら、沢渡さんの助けになれるだろう。必死に自分ができることを探し続ける。

そうだ、私なら道具がなくても、集中すればイルカを操ることができるかもしれない。

でも……駄目だ。そんなことをしても、沢渡さんは自信を獲得できない。人が頑張ろうとしているものを、自分が勝手にやるのはただのエゴだ。それに、そもそもパフォーマンスを知らないからどのみち意味がない。

じゃあ、どうすればいいの？

結局、私は無力で、助けたいと思った人も助けられない。私にできることなんか。

「……！」

いや、答えならさっき見つけたじゃないか。

そうだった、何も難しいことなんかない。

私がこの人の不安を、包み込めばいいんだ。

笛を包む彼女の両手を、さらに私の両手で包む。

沢渡さんは驚き、ぱっちりとした目を開いた。

ひとりで乗り越えられないなら、せめて側で支えよう。私は安心させるようにうなずく。

瞼を閉じ、彼女の安寧を願う。

呼吸を彼女に合わせる。相手が吸うだけ私も吸って、相手が吐くだけ私も吐く。それを何度か繰り返していると、透明な一体感が生まれる。

ふたつの心がひとつになる。どんどん私たちは意識の底まで潜っていき、何もかもを捨て去ってまっさらな自分になっていく。脳細胞のひとつひとつが、きちんと機能して同じ方角を向いている。凪いだ水面に、私たちは辿り着いた。あと三秒後に、彼女が目を開く。今の私にはそれが分かる。多分、向こうも分かっている。

同時に視界を取り戻す。

「お待たせしました」

凛とした真っ直ぐな眼差し、堂々とした声。怯えがちな子犬のような雰囲気は消え、佇まいだけで何か圧倒されそうなものを感じる。端整な顔立ちに精神が追いついた、そんな感じがした。

彼女は足を進め、プールのすぐ側に立つ。その大人びた流し目に、上品な白ユリが心に浮かんだ。

場の空気を切り裂くような、鋭く短い音が放たれた。

先ほどとは全然違う、はっきりした強さを持った音。私まで思わずびくっと反応してしまう。

それに反応したイルカたちが素早く集合し、彼女の道を作るように上半身を浮上させた。左の列は全体的に色が薄く、右の列は濃くて身体も大きい。

「それでは、今から始めさせていただきます。今回は八頭のイルカのパフォーマンスをお楽しみください」

沢渡さんは彼らに手を向けて話す。暗記した台詞をそらんじているのではなく、きちんとした彼女の言葉を口にしていた。

ベンチに戻ろうとすると、このまま観てもいいと言われる。せっかくなので、申し出に甘えることにした。確かに、舞台こそイルカショーの特等席だ。

彼女は笛を真上に掲げた。

数秒後、ホールに明るい雰囲気の音楽が流れ始める。

笛が鳴る。今度こそ、パフォーマンスが始まるのだ。期待に胸を躍らせ、イルカたちを隠したプールを見物する。

しかし、何も起こらない。

まさか。

思わず沢渡さんの方を向こうとした、その時だった。

プールの中央で、一頭のイルカが虹色の飛沫と共に跳ね上がる。

私の目は、その鮮やかな光景に釘付けになる。

「わっ……！」

成功だ。思わず拳を握る。七色の飛沫を纏って跳躍する姿は、希望と喜びに満ち溢れていた。

着水すると、虹の噴火のような水飛沫が炸裂する。

あの色は照明の加減だろうか、いや、どうやらここのイルカたちが立てる飛沫は虹色に染まるらしい。だから『飛沫の間』という名前なんだ。

「沢渡さん！」

彼女は気持ちのいい微笑みで返す。続いて新たな指示を出した。

両サイドから二頭のイルカがジャンプし、空中で交差する。彼らが沈むとすぐさま別のペアが現れる。飛沫の色と相まって、奥の方から虹のアーチが重なっていくみたいだ。

力強い笛がホールに響く。すると、すぐ手前で一頭のイルカが跳び上がった。二、いや三メートルくらいだろうか。かなり身体が大きい。

それは重さを感じさせない軽やかな動きで一回転し、派手な水飛沫を立てて着水する。大きな身体なのに重力を一切感じさせない動きだ。すぐ側から噴き出した玉虫色の水の欠片で、目の前が埋め尽くされる。冷たいと感じたのは一瞬だけで、すぐにその水はぱしゃりと身体から離れていく。

と、八頭のイルカたちが頭を出す。頭と尾を水上に出し、背泳ぎのような形で一斉に進む。ぱしゃぱしゃと尾が細かい飛沫を立てる。そこまで派手なパフォーマンスではないけれど、ただそれだけでも鮮やかな清涼感がある。

すごい。沢渡さん、完全にイルカたちと心を通わせている。

それに、ただ指示を出しているだけじゃない。パフォーマンスをしてからの間の取り方が絶妙だ。前の余韻が途切れるぎりぎりのタイミングで新たな動きを見せてくれる。

プールの中央で、またイルカが跳び上がる。ただ跳躍しているだけではなく、鋭いきりもみ回転をしながら着水する。

一体、どうやってあんな回転を作っているのだろう。水の中から空中に跳ね、さらにひねりを加えるなんて、ものすごい筋肉が必要なはずだ。可愛らしい見た目だけれど、やっぱり強靭な動物なんだと改めて思わされる。

今度は、右に二頭、左に二頭とイルカが顔を出す。鋭い笛と共に、その身体のほぼすべてを水上へと持ち上げた。思わず目を丸くする。

え、どうなってるのあれ。尾の先しか水に浸かってないじゃん。真っ直ぐ伸びたあの身体を、尾ビレだけで支えているの？　そんなこともできるんだ。

「うわ……」

二組のイルカたちは、そのまま向かい側へと水上を歩く。不思議な光景だ。こんなのきっと、自然界ではまずお目にかかれないだろう。

やがてイルカたちはまた水中へと姿を隠す。続いて水面を縫うようにして、一頭、また一頭と回転をしながら現れる。

あちらこちらから飛び散る飛沫が鮮やかだ。船に乗っていてこんな光景を目にしたら、きっと一生忘れられない思い出になるだろう。

また合図が出る。音楽のボリュームがぐっと小さくなり、嵐の前の静けさが場を満たす。まだ、まだ。

焦らされているのを感じる。待たされるほどに期待が高まる。

「あっ！」

一閃、プールの中央からイルカが跳び上がった。

それも、とんでもなく高い。ゆうに五メートルは跳んでいる。まるで海のロケットだ。あまりにも高く跳んだので、空中に浮いているのかとさえ錯覚してしまう。

長い滞空時間が過ぎ、イルカは派手な飛沫を立てて着水した。

その爽快感は、壁にぶつかって炸裂する水風船に似ていた。湿度が上がったせいか、何だか場もひんやりしてきた気がする。

沢渡さんは大きく息を吸い、いくつかのリズムが重なった複雑な合図を出す。今までにないパターン。これが最後なのだろうか。

疾走感のある音楽が流れ、八頭がそれぞれランダムにプール内を跳んでは駆け回る。と思えば、左の方から三頭が並んで同時に見事な宙返りを披露する。さらに別の場所でもう三頭が同じ動きをし、最後に二頭がハイジャンプをして宙で交差した。

それが終わった瞬間、八頭のイルカたちが一斉に姿を隠し、円いプールの端に二頭ずつ顔を出す。

数秒後、彼らは目にも留まらぬ速さでプールを駆け出した。虹色の軌跡が水面に弧を描く。これがイルカのトップスピード。水上バイクよりも上かもしれない。

「えっ」

突然、そのプールへと何かが駆け出した。生き物なんて他にいない。そう、沢渡さんが颯爽と走り、そのままプールへと跳躍したのだ。その背中には、迷いなど何もなかった。

彼女は真っ直ぐ腕を伸ばし、水の抵抗を削ぎ落とす流線型となって頭から飛び込む。あの中に交ざって大丈夫なのだろうか。うっかり轢かれはしないかと心配になる。

時計回りと反時計回り。七色の曲線が段々中心へと近付いていく。巻き上がるそれの影響で、もはやプール上は虹色の霧で満たされているようだ。

クライマックスを迎えようとするミュージックと共に、色とりどりの渦は収束していく。

そして、あわやぶつかろうとしたその瞬間――。

「わあっ……！」

一斉に底へと沈んだ七頭のイルカが、プールの中央から放射状に跳ね上がった。

その中心で、沢渡さんが宙を舞っている。最後の一頭に下から足を突き上げてもらい、空中へと身体を投げ出したのだ。

虹のしずくを纏いながら、しなやかな後方宙返りをする。その姿はまさしく海の乙女だった。三日月を描く舞が、スローモーションのように映る。

イルカ八頭分の質量が水にぶつかり、目の前は滝壺のような飛沫で埋め尽くされる。

辺りは、静寂に包まれた。

「……すごい」

純粋な感想が口からこぼれた。

イルカたちの躍動。オーロラのような水飛沫。最後の噴水のようなジャンプ。水と動物が見せる輝き。すべてが生き生きとしていて、何だか胸が熱くなった。

彼女が無事にパフォーマンスを成功させたことが、自分のことのように嬉しい。ラストの後方宙返り、あれはもはや芸術といってもいいほどに美しかった。

イルカに打ち上げてもらって、さらにそこから宙返りをする。素人でもその技の難度が理解できる。だからこそ、それを見事に決めた彼女が本当に格好よかった。

水の中からイルカの背に乗った沢渡さんが現れた。その周囲で他のイルカも頭を出す。

「ショーは以上です。ありがとうございました」

お辞儀をする彼女とイルカたちに向けて、思い切り両手を鳴らす。心の底からの拍手だった。これはただのイルカショーではない。もちろん、幻想的な光景という意味合いもあるけれど、私は今、人が変わる一場面を特等席で見せてもらったのだ。

彼女が舞台に戻っても拍手を止められない。私自身が止めたくないと感じている。こんなに長く拍手をしたのは生まれて初めてだ。手のひらに広がる痛みは感動の裏返し。あんなに泣き崩れていた彼女が、見違えるように強くなった。

いや、やっぱり彼女はすごい人だ。ただ元々持っていたポテンシャルを、発揮することができなかっただけなのだ。

あのパフォーマンスを身につけるのに、どれほど努力してきたのだろう。積み上げてきたその行為を肯定するため、せめてこの拍手を送らせてほしい。

その音が、明鏡止水となった心に波紋を立てたらしい。きりりとしたスタッフとしての顔は、段々眉が下がっていく。

「……律さん、あたし」

白い歯を見せて口角が上がる。それとは対照的に、彼女の目は感情のしずくを蓄える。

「本当にすごかったです。私……感動しました！」

その言葉を口にした瞬間、彼女は我慢の限界を迎える。

「できました……っ、できました、あたし……！」

それは、すべての緊張や重圧から解放された、幼いか弱い声だった。子供のように泣きじゃくる彼女の手を、ただ握って何度もうなずく。

「頑張りましたね、本当に……」

「はい……！」

ああ、よかった。この人が成功して本当によかった。

あの涙も、勇気も、すべてが報われたんだ。

少し落ち着いてきた彼女は、私にお礼を言う。

「律さんのおかげです。あたしひとりじゃ、あのまま泣いているだけでした」

「そんな、沢渡さん自身の力ですよ。私の方こそ、あんな素敵なショーを見せてくれてありがとうございます。最後のジャンプ、最高でした」

「嬉しい」

涙を拭いながら、沢渡さんは少し首をかしげて言った。

「あの、律さんはイルカに触れたことはありますか？」

「いえ」

「それなら、ぜひとも触ってあげてください」

そう言うが早いか、彼女は短く笛を鳴らす。すると、一頭のイルカがこちらへと泳いできた。そのまま上半身を起こし、舞台へと上がってくる。一番身体が大きい個体だ。最初のトラブルの時に舞台の方を見ていたのも、多分この子だ。

でも、触るなんてできない。この水族館の生物は私の悲しみ。触れると痛みが蘇ってしまう。

「でも、触ったら……」

「発光している部分を触らなければ大丈夫ですよ。それに、この子たちは光ることもほとんどないですから」

「じゃあ、ちょっとだけ」

そういえば、最後のジャンプで彼女はイルカと接触していたっけ。しゃがみ込んで恐る恐る手を伸ばす。

黒い皮膚が指先に触れる。不思議な感触だ。柔軟性を備えつつ、ぴんと張っている。分厚い茄子の皮にゴムを混ぜたというか……でも、どこかで触ったことのある手触り。何だったっけ、これは確か小学生の頃、水泳の授業で。そうだ、ビート板だ。

「どうですか？」

「ビート板みたいです……こんな感触なんだ」

初めてのイルカの感触を楽しんでいると、彼女はそれに手を添えて言った。

「よかったら、この子と一緒に泳いでみませんか？」

「えっ」

その提案に停止してしまう。別に私は泳ぎなんて上手くないし、すぐに置いていかれそうな気がする。それに深さも……いや、ここは確か水中でも呼吸ができたっけ。それなら息のことは心配しなくてもよさそうだけれど。

「私、そんなに泳げないですよ」

「大丈夫ですよ。この子に乗る……というか、こう背ビレにしがみついて泳いでもらうんです」

彼女は腕を伸ばして両手を組む。大体頭の中でイメージはできた。なるほど、なかなか楽しそうだ。

「いいんですか？」

「はい。きっと素敵な体験になると思いますよ」

「じゃあ、お願いします」

沢渡さんが小さく笛を鳴らす。イルカはのそのそと後ろを向き、一足早く水の中に入っていった。舞台のすぐ側で待機してくれている。

落とすといけないので革靴を脱ぎ、慎重に舞台から足を浸す。冷たい。でもどこか心地いい温度だ。足場に両手をつき、ゆっくりと下半身を水へと下ろしていく。身体が液体に包まれる。ここから先は、海の生物の世界だ。

でも、やっぱりちょっと怖いな。

そんな不安を察してか、沢渡さんは優しい声で言った。

「大丈夫ですよ。もし律さんが動けなくなっても、必ず私が助けにいきますから」

「……はい」

意を決して舞台から手を離し、腕を伸ばしてイルカの背ビレを両手で掴む。

私の準備ができたことを確認すると、その背ビレの持ち主はゆっくりと進み出した。

「おおおおー……！」

水の抵抗を掻き分けて私たちは前進する。泳ぐのとはまた違う、自分の身体を動かさずに水中を移動していく感覚が楽しい。ひとときの相棒に身を任せ、私は知らない世界を満喫する。

手からはイルカの振動が伝わってくる。ぱっと見じゃ真っ直ぐ進んでいるように見えるけど、実際は何度も尾を上下させて推進力を得ているのだ。頭では理解できるけれど、実際にこうしてしがみついていると、哺乳類独自の遊泳を感じさせられる。やっぱり魚とは違うのだ。

そんなことをしみじみと考えていたその時だった。

かくん、とイルカが何の前触れもなく斜めに沈み込む。

「ちょっ」

反応する間もなく、水面と顔面の距離が縮まる。青い世界に突入した私たちは、底の方まで潜水してぐんぐん進んでいく。

水中で小さな泡が尾を引くように流れているのが見えた。出所はイルカの頭頂部だった。あれ、どうなっているんだろう。

プールの底では真っ白な光がゆらゆらと揺れている。藍色の部分と水色の部分の割合が、白い網目状の光の揺らぎでころころと変化する。やっぱり、水の光って綺麗だ。

不思議なことに、水の中でも目のピントが合う。角膜の表面に、綺麗な水のコンタクトレンズが着いている感じだ。息を吸うと、水が口に入った瞬間、霧のような柔らかい気体に変わる。そのまま酸素を取り入れて息を吐くと、今度は泡となって水中に戻っていった。奇妙な感覚だ。当然その感覚に慣れていないので、何だか息を吸う時だけ、口が水に浸かっていないように錯覚してしまう。

運び手が少し速度を上げる。じんわりと曲線を描きながら、私たちは水の世界を突き進む。このままどこまでも進んでいけそうな爽快感。海の中にジェットコースターがあったら、きっとこんな気分なのかもしれない。

私たちの両側を、他のイルカたちが追い抜いていく。そして、その口からぷっと何かを吐き出した。

水中を進む白いフープ。これは確か、バブルリングだ。

イルカたちは文字通り息を合わせ、私たちの前方にバブルリングの道を作る。これ、もしかして。

運び手は一気にスピードを上げた。急激な加速により、しがみついている手にぐっと負荷がかかる。私たちは一本の矢となり、次々とバブルリングのトンネルを通り抜けていく。

「うわーっ！」

目まぐるしい速度で空気の輪を通っていって、そのまま斜めに上昇する。眩しい光の膜を突き破り、私たちは外の世界に飛び出す。まるで、時が止まったように感じた。

虹色の勾玉が宙に散らばっている。青く広がるプールとその輝きが新鮮だ。ついさっきまでそこにいたのに。

着水の飛沫に目を閉じる。そのままイルカはゆっくりと進み、やがて止まった。目を開けると、舞台の前に戻ってきていた。沢渡さんがこちらへとしゃがみ込んでいる。

「どうでしたか？」

彼女はにこにこしながら聞いてくる。そっか、もう終わりなんだ。

「最高です！　水の中は本当に綺麗だったし、途中でイルカたちがバブルリングを作ってくれたり……まるでジェットコースターに乗ってるみたいな気分でした」

「楽しんでいただけてよかったです」

彼女は私へと手を伸ばしてくれる。

背ビレから手を離し、足を動かして直立姿勢を保ちながらイルカと向き合う。

「一緒に泳いでくれて、ありがとうね」

感謝の気持ちを込めて軽く抱きしめる。イルカはヒューイヒューイと鳴き、仲間たちの方に戻っていった。沢渡さんの助けを借り、舞台によじ登る。

「ちょっと休みましょうか」

そう促され、私たちは舞台の端に腰掛けてプールを眺める。自由に泳ぐイルカたちが、時々水面を跳ねた。

この短時間で何度も心を動かされすぎて、どこか放心してしまう。あんなに楽しいのはいつぶりだろう。ひとりで過ごしていると、ストレスは減るけれど楽しさも少し薄れてしまう。誰かと共有する喜びや楽しみは、こんなにも鮮烈なものだったのか。

「私、ここに来てよかったです。最初はちょっと怖かったし、須波さんにもかなり警戒してたんですけど……本当に綺麗で、スタッフさんもみんな優しくて」

「いきなり知らない場所に立ってたら、不安にもなりますよね」

「何か怪しい組織に拉致されたんじゃないかって」

「ふふふ、間違いではないかもしれません」

足だけを水に浸けるのも、なかなか涼しくていい。足の甲で水を押し上げると、ありふれた白い飛沫が散った。あのイルカたちのようにはいかない。

その脚を見た沢渡さんは、羨ましそうに言った。

「律さんは色白ですよね。いいなあ」

その言葉に胸の奥が曇る。普通の女の子はそう言われて喜ぶんだろうけど、私は素直にそうすることができない。

「私は日焼けが似合う人間じゃないので……あんまり太陽に当たらないようにしてます」

「そうでしょうか？　日焼けした律さんも素敵だと思いますよ」

「いえ、似合わないですよ。小学生の頃、小麦色の肌に憧れて、こんがり日焼けしたことがあるんですけど……男子にめちゃくちゃからかわれました。全然似合わないって、あはは」

気を遣わせないように冗談めかして言ったつもりだけど、沢渡さんは少し険しい顔になった。

「小学生の男の子は、とりあえず理由をつけてからかってくるものですよ。今までとは違う律さんの姿が珍しかっただけだと思います。初めてだと、物事のよさに気付きにくいものですから」

「そんなものでしょうか」

「はい」

彼女は力強く断言し、少し顔を私の方へと近付けた。キスでもされるのかと思って、一瞬どきりとする。そのまま彼女はじっと目を見て、生徒の間違いを諭すように笑った。

「だから、似合わないなんてご自分で口にしないでください。律さんは素敵な女の子ですよ」

その言葉が、心にぶら下がっている重りを外してくれたようで。

「……ありがとうございます」

胸の奥で、何かがじわりと滲むような感覚だった。あまり褒められることに慣れていないから、真正面から伝えられるとちょっぴり困ってしまう。

ずっと、肌に対してコンプレックスを抱いていた。自分が憧れるものが、本当に正しいのか自信を持てなくなった。私は今まで、色んな失敗を重ねてきたから。

でも、彼女がそう言ってくれるなら、少しだけ自分を信じてみてもいいのかもしれない。

今更小麦色の肌に憧れることはないけれど、今までみたいに過剰な反応はもうやめよう。ちょっと肌が焼けたって、本当はどうってことないはずなんだ。

私が本当に恐れていたのは、日焼けすることじゃなくて、他人に否定されること。ただ沢渡さんに肯定されるだけで、こんなにも気が楽になるなんて。

言葉って、すごいな……。

彼女は、そんな私のことをしばらく見守っていた。

「あの、律さん」

「はい」

改まったようにこちらを向き、彼女は背筋を伸ばす。

この感覚は知っている。あの改札前で、あかりが放っていた緊張感だ。

「このカナシミ水族館は、傷を負った人しか入れないんです。そ、そのっ、あたしでよければ、相談……というか話を聞く……くらいならできるので、もしよかったら……」

どんどん声が小さくなっていく。

私の心に近付こうとする行為。それらすべてを私の心を蹂躙する行為だと思い込み、一度はそれをはねのけてしまった。そして、大切な人を傷付けてしまった。

今度は、間違いたくない。

「その、ですね」

「はい」

「私、怖いんです。今まで友達だと思ってた人に結構裏切られてきたというか。そのせいで人に心を開けなくなって、誰も信じられなくなって。でもそれでいいと思っていて、今までひとりで生きてきました」

「ええ」

相槌が嬉しい。

「友達がひとりいるんですけど、その子にだけは気を許していて。でもあんまり仲よくしすぎないようにしていたんです。自分でも面倒くさい人間だと思うんですが、その子はそれでも一緒にいてくれて」

「いい友人を持ちましたね」

「はい。その子は私のそういう悪癖を察してくれていて、ほどほどの距離感を保ってくれてたんです。でも、それを全部分かっている上で、それでも彼女は私を遊びに誘ってくれて。私はそれを断りました」

「どうしてですか？」

「怖かったんです。あの子を信じる勇気が私にはなかったんです。そのせいで、きっともすごく傷付けてしまいました」

「そうですか……それで、律さんはどうしたいんですか？」

「謝りたいです」

「じゃあ、謝りましょう」

あまりにも自然にそう返され、言葉に詰まる。事情があるから、簡単にそんなことはできない。

「……直接そういう話をしない、暗黙の了解みたいなものが今まであったから、切り出し方が分からないんです。それに、謝るっていう行為もずるいと思っていて」

「ずるい？」

「だって、謝られたら相手を許さないといけないじゃないですか。何をしても謝ったらそれで帳消しみたいな、そういうのは都合がよすぎっていうか……」

「うーん、確かにそういう軽薄な人もいるかもしれません。でも、律さんはそんな人ですか？　相手を傷付けても、一度謝ったら相手にしたことをけろっと忘れてしまうような」

少し迷ってから、首を横に振る。

「多分、律さんは過去の経験のせいで、人間関係に亀裂が入ることが、自分の中でものすごく悪いことになっているんだと思います」

「……そうかもしれません」

「謝ってもすぐにそれを忘れて、また同じことを繰り返すのは悪いことかもしれません。重要なのは、反省して同じ過ちを起こさないようにすることではないでしょうか。その意志を伝えるために、人は謝るんだと思います」

同じ過ちを起こさないために謝る。私にそんな資格があるのだろうか。

「私、謝ってもいいんでしょうか」

「はい。一度壊れた仲はもう戻らないと思っているかもしれませんが、必ずしもそうとは限りません。この人とこれっきりになりたくない。そう思えるような、自分にとって大切な存在だからこそ、人は謝って仲直りをするんです」

「でも……どうやって切り出せばいいのか分かりません」

「勇気を出すんです。ちょっと会話が途切れた瞬間を狙って、律さんの気持ちを伝えましょう。多少入り方が不自然でも構いません。大事なのは、相手に伝えようとすることです」

「勇気……」

分かっている。結局、今回のことを解決するには、私が勇気を出すしかない。それは、分かっているんだけれど。

「あたしは律さんから勇気をもらいました。だから、不安な時は思い出してください。律さんにはあたしたちがついています」

「沢渡さん……」

お前には自分たちがついている。その言葉が、どれほど頼もしく感じられるだろうか。ずっと他人を避けてきた私は、人に頼ることをしなかった。頼るということは弱さを見せるということ。自分の弱さにつけ込まれることが怖かったから。

でも、こうして私の弱さを支えてくれる人がいる。そう思えることが、こんなにも胸を温かくしてくれる。

「あたしも、最初この水族館に来た時は、スタッフたちと上手くやっていけるか、不安で不安で仕方なかったんです。でも、皆さん本当に優しくて」

彼女は顔をほころばせる。

「何度失敗しても、見捨てずに励ましてくれて……だから、みんなの気持ちに応えたくて、何度も練習できたんです」

「やっぱり、沢渡さんはすごいですね」

そう言うと、彼女は首を横に振る。

「あたしはすごい人間なんかじゃないですよ。ただ、自分を信じてくれる人がいるから、苦しい時も頑張れるんです。律さんと同じですよ」

「えっ？」

目を丸くする。どうしてそこで私が出てくるのか。

「自分のためだけに頑張るのは、まだ難しいですが……人のためなら力が湧いてくるんです。律さんも、あたしのためにわざわざ舞台まで来てくれましたよね」

「はい」

私はうなずく。

「あなたは、誰かのために頑張れる人だと思います」

その瞬間、今までの自分が肯定されたような気がした。

誰かの、ために……。

「いつかは自分のために頑張れるようになりたいものですが……なかなか簡単にはいきませんね」

沢渡さんは目を細めて肩を竦める。釣られて私も同じことをした。

誰かのために頑張れる人間。そんなことは初めて言われた。もう、とっくにそんなことはできなくなっていたと思っていたのに。

私もあかりのためになら、まだ、頑張れるだろうか。

「それでは、スタンプを押させていただきますね」

ゆらりと光を纏って、彼女の笛がやがて印章へと変わる。そうだ、スタンプをもらえるんだった。色々あってすっかり頭から抜けていた。ここではどんなスタンプをもらえるんだろう。

「はい、ご確認ください」

「あっ、イルカだ」

今度はチケットの左下に、飛沫を纏って跳躍するイルカのスタンプが描かれていた。モチーフにしているのだろうか、まるで三日月が浮かんだように見える。これはいい。右下の小魚たちと合わせて、さらにチケットが華やかになった。

タクトくんがイワシ、沢渡さんがイルカ。もしかしたら、スタッフさんが操る動物が刻印されるのかな。四つ葉のマークを中心にしているのなら、次は上にスタンプが押されそうな気がする。

沢渡さんはもじもじしながら言った。

「あの、私は律さんのことをお友達だと思ってます。だから、もし嫌じゃなければ、りっちゃんって呼んでもいいですか」

「……はい。つつみさん」

彼女の顔がぱっと明るくなる。年は少し離れているけれど、私も彼女のことを友達だと思っている。悲しみを乗り越えて殻を破った、誇らしい私の友達だ。

彼女はすっくと立ち上がる。私もそれに倣い、革靴を履く。

「そろそろ行ってください。汀《みぎわ》さんなら、あたしよりもためになる話をしてくれます」

「はい。つつみさん、ありがとうございました」

「お礼を言うのはこっちの方です」

彼女は首を横に振って笑う。

「りっちゃんのおかげで、あたしは変われました。初めてのお客さんがあなたで本当によかった。りっちゃんはあたしのヒーローです」

「そ、そんな……大袈裟ですよ」

言い過ぎだ。私は少しだけ支えただけで、変わったのは本人の力なのだから。

優しい笑みを浮かべ、つつみさんはそっと私を包み込む。

「きっと大丈夫。お友達と仲直りできますよ。このカナシミ水族館は、あなたのための世界なんですから」

優しい声と彼女の体温が安心を与えてくれる。どうしてここの人たちは、こんなにも私がほしい言葉を与えてくれるんだろう。目頭が熱くなる。

「……うん」

ああ、ここは温かい。

外の世界に戻らずに、ずっとここにいたいと思う。

でも、それじゃ駄目なんだ。ちゃんとあかりに謝り、本当の意味で友達となるために、私は帰らなければならない。

つつみさんに別れを告げ、私は暗い通路を歩き出す。


三人いるメインスタッフのうち、ふたりと会った。

ここを進んでいくたびに、彼らと会うたびに、心が変わっていく。

そろそろカナシミ水族館も後半に差し掛かる。

ここを回り終えた時、私はどうなっているのだろう。

4. 揺蕩いの幻月

誰もいない通路を、ゆっくりと歩いてゆく。

やがて、いくつものパイプ管がピラミッド型に重ねられた水槽が見えてくる。細長い筒状のものが設置されているということは、そういう形の魚がいるということだ。

「何だったたっけ、ハモじゃなくて……ウナギみたいな」

蛇のような何かが、管からだらんと上半身を垂らしている。何も考えていなそうな目。灰色に黒が細かく入り交じった模様。大きな三角形の口に頑丈そうな顎。口の中に手を突っ込むと、とんでもないことになりそうだ。

「あ、ウツボ」

説明文の名前を読んではっとする。海のギャングとして有名なウツボだ。確か、高知《こうち》県ではウツボを食べるんだっけ。鶏肉に近い肉質で美味しいらしい。

この子たちも見た目は怖いけれど、やっぱり私の悲しみなんだ。つくづくそれを実感する。ぐったりと身体を垂らすその姿は、あのネムリブカに近いものを感じた。

ウツボはイセエビと共生関係にあるらしい。イセエビは天敵のタコから自分を守ってもらえ、逆にウツボは好物のタコをおびき寄せてもらえるそうだ。この子も、そういう関係を築けているのだ。

考えてみれば不思議なものだ。魚たちはどうやってそんな関係を築いているのだろう。言葉が通じたとしても、海の世界ではすぐに裏切られて食べられてしまいそうなのに。

特定の個体だけではなく、種としてそういう持ちつ持たれつの関係ができている。一体、いつからお互いをそういう相手として認識したのだろうか。その関係の始まりを見てみたい。

もちろん、動物の世界は残酷だ。時々イセエビがウツボに襲われることもあるはず。けれどきっと、頑丈な甲殻を持つイセエビよりも、柔らかいタコの方が餌として好ましいのだろう。

そんな利害関係で、お互い一緒にいられている。

昔は私にだって、一緒にいられる相手がいたのにな。

人を信じられなくなったのは、小学六年生の頃が始まりだった。

一年生の頃からずっと仲よしだった瑠華《るか》ちゃん。家が近所で、毎日一緒に遊んでいた。クラスの子から「りつるか」とも呼ばれたその仲のよさは近所でも評判で、喧嘩なんて一度もしたことがなかった。

当時の親友は誰かと聞かれたら、間違いなくこの子を挙げる。お洒落が好きで、しょっちゅうファッション雑誌を背伸びして読んでいたっけ。

毎年、クリスマスは瑠華ちゃんの家でパーティーをしていた。クリスマスは彼女の誕生日でもあったから、誕生日会も兼ねていた。

毎回あれでもないこれでもないと悩みながら、私は贈り物を用意した。本人よりもその日を楽しみにしていた気がする。

私たちにとって、クリスマスは特別な日だった。多分、大人になってもずっと連絡を取り合う、生涯の親友でいられるのだと、幼い私はそう思っていた。

でも、学年が上がるにつれて、変わってしまうものもある。

高学年にもなると、女の子は男の子よりも一足早く大人になる。六年生、小学校最後のクラスは別々になってしまった。

少し派手になった瑠華ちゃんは、そこの新しいグループに入ったようだった。

私と遊ぶことが減り、別の女の子たちと遊ぶようになった。段々素っ気ない態度を取るようになった。私は、心の奥からじわじわと迫る何かを感じていた。

その年のクリスマス、瑠華ちゃんは家族で出かけるから会えないと私に伝えた。毎年のビッグイベントが中止になるのは残念だけれど、まあ仕方ないと思った。瑠華ちゃんの家のことに私が首を突っ込む権利はない。

でも、その日偶然見てしまった。瑠華ちゃんの家に入っていく、たくさんの女子たちを。嬉しそうに彼女たちを出迎える瑠華ちゃんを。少し前から私に向けなくなっていた、その眩しい笑顔を。

『ねえ、あれって……平井さんじゃない？』

その中のひとりが私を見つけた。そして、瑠華ちゃんとはっきり目が合った。

私は内心焦っていた。こんな現場を見てしまわなければ、まだ現実を知らずに済んだのに。

もし、このまま流れで誘われたらどうしよう。私はどんな顔で過ごせばいいのか。どんな気持ちでおめでとうと言えばいいのか。彼女の新しい友達と、どんな会話をすればいいのか。

彼女は黙って私を見ていた。でも、その目は今までの彼女じゃなかった。まるで、黒鉛で薄汚れた使い古しの消しゴムを見るような。

その視線を浴びせられた瞬間、私は彼女との友情が終わったことを悟った。いや、私がそれを認めようとしなかっただけで、とっくに終わっていたのだ。

『本当だね。それよりほら、上がって上がって』

胸が信じられないほど痛んだ。大動脈から左右の心室へ向かって、ぴきぴきと凍り付くような感覚があった。それは今まで感じたことのない痛みだった。

くるりと背を向け、瑠華ちゃんは家に入っていった。ううん、きっとあれは彼女の住む世界。用済みになった私は、そこから閉め出されたのだ。もう、あそこに私が座るスペースはない。

嘘をつかれたのがショックだった。何よりも悲しかったのは、ずっと一緒に過ごしていたクリスマスの思い出を、新しい友人に塗りつぶされてしまったことだった。ふたりの友情を確かめ合う、大事な大事な日だったのに。

それはまるで、古い玩具を捨てて、新しいおもちゃを手に取るように。

もうあの子にとって、つまらない私よりも華やかな友達の方が価値のある存在だったのだ。

それ以来、私から彼女に話しかけることはなくなった。そうすると、あっという間に私たちは他人になった。とっくに瑠華ちゃんは私なんて眼中になかったのだ。あの子にとって、私はもう必要ない人間だった。私だけが、勝手に友達だと思っていた。

机のケースファイルには、数え切れないほどの写真があった。

瑠華ちゃんと過ごした、たくさんの思い出。

一生親友、なんて書かれたプリントシール。

その時私は、写真が持つ恐ろしさを知った。

人との楽しい思い出なんて、簡単に胸を抉る刃物に変わってしまう。

嗄び泣きながら、私は彼女との写真をすべてゴミ箱に捨てた。それすらも遅かったに違いない。

私が瑠華ちゃんにあげた写真なんて、とっくに捨てられていたんだろう。

それ以来、私はカメラで人を撮らなくなった。


「……嫌なこと思い出したな」

形に残す思い出は、綺麗なものだけでいい。人との思い出は、何かのきっかけで呪いになってしまう。それが自分にとって大事であるほどに、心を真っ赤に腫らすのだ。だから私は風景のみを撮っている。人との思い出を不変の形にしてしまうのが嫌だから。

「ねえ、イセエビと仲よくね」

ウツボは相変わらず、あんぐりと口を開けていた。

水槽をいくつか過ぎていくと、左手に黒っぽい魚が泳いでいるのが目に付いた。特徴的な太い下半身。端だけが赤く染まったその大きな鱗は、赤い三日月が並んでいるようだ。シーラカンスと同様、生きた化石と呼ばれる魚。

「これがピラルクーか……」

やはり大きい。こうして本物を見るのは初めてだ。確かアマゾン川辺りに生息しているんだっけ。野性的なイメージを持っていたけれど、思っていたよりも優雅な佇まいだ。時折しゃなりと尾を左右に揺らす姿は、長い身体と巨大な鱗が相まって竜のようにも見える。

そこを過ぎると、真っ赤な星が水の中から妖しい光を放っていた。思わずどきっとして立ち止まる。これは照明の加減とかじゃない、生物が放つふたつの光だ。

「何、この魚」

少し背中が盛り上がった銀白色の身体。それだけならありふれた外見の魚だ。ただ、その目だけが他の魚たちとはあまりにも違っている。

「アカメ……？」

その名の通り、その目が赤い光を放っているのだ。暗闇に浮かぶ野生動物の目みたいに。こんな魚は初めてだ。チョウチンアンコウだって光るのだから、そんなに驚くべきことではないのかもしれない。でも、まさか目が赤く光るなんて。

「あっ」

一匹が柔らかな光を纏う。仄かな青白さの中に目だけが赤く光る姿は、もはやこの世の存在ではないように思えた。魚の幽霊という表現が相応しいかもしれない。

それにしても面白い魚だ。目が真っ赤に光るなんて。興味を示してその遊泳を眺めていると、ふと、身体にぞっとするものが走った。本能的な不快感に、ぶわっと鳥肌が立つ。

どうしてだろう。別に魚が怖いなんてことはない。なのにどうしてこんな、息苦しい感覚を抱いてしまうのだろう。

「……あっ」

視線だ。

何を考えているのか分からない、無機質な目。

あの時、私に向けられたものと同じ。


中学二年生の頃。私は五人で構成されたグループに所属していた。結構活発な子たちで、クラスの中でもそこそこ存在感を放っている、賑やかなグループ。

当然、瑠華ちゃんとは疎遠のままだ。中学に入ってからは同じクラスになったこともないし、一度も絡む機会がないまま終わった。多分、お互いそれを望んでいた。

小学校では親友だと思っていた存在に捨てられた。だから、今度はその過ちを繰り返さないよう、私はみんなに嫌われないよう立ち回り続けた。

決して誰にも悪口を言わず、相手の意見は大体肯定して、でも鼻につかない程度の自己主張をした。

ただそこにいるだけの人間だと、つまらないと見切りを付けられてしまう。だから友達が興味を示すような話題を探し、相応しいタイミングで口にした。

グループの中で私は所謂「いい子」で、みんなに可愛がられていたように思う。他の子たちは「うっさい馬鹿！」みたいな軽口を叩き合っていたが、私にだけはそういう言葉を向けなかった。

その風潮を安心すると同時に、どこか不安に感じてもいた。

もし私を攻撃するということがあれば、彼女たちの機嫌を損なってしまったということだから。笑顔でいる彼女たちが変貌することを恐れていたのだ。

常に顔色を窺い、敵を作らないよう、好ましい人間の演技をする。そのことに少し息苦しさを感じていたことは否定できない。みんなで遊ぶ時も、小学生の頃みたいに心から笑うことができなかった。愛想笑いが格段に上手くなった。

でもまあ、それも仕方ないと私は考えていた。これが人付き合いというものなのだと。みんなと上手くやっていくには、こういうことも必要なのだと。ちょっと疲れるけれど、またあんな悲しい思いをすることに比べれば何でもなかった。

ある日、真矢《まや》ちゃんとふたりで、数学の先生のところへ出向くことになった。

彼女はグループの中でもリーダー的存在で、ずっと私を気に掛けてくれていた。私が日直の時、欠席した男子の代わりに手伝ってくれたり、移動の時に私が遅れないよう見ていてくれたり。頼りになるお姉さんというような立ち位置の子だった。

ふたりでテキストを運びながら廊下を歩いている時、真矢ちゃんはふとこんな話をした。

『律は本当に性格いいよね。表裏がある子って結構いるけどさ、律だけは信じられるよ』

そう言われて嬉しかった。真矢ちゃんにとって価値のある存在になれている。そんな根拠のない安心に心が満たされた。今までの自分の頑張りが肯定された気がした。

『何か困ってることがあったら、いつでも言いなよ。律は私の妹みたいなもんだからさ』

その時の彼女の笑顔を、私は信じて疑わなかった。

だって、私は真矢ちゃんの気に障るようなことはしない。嫌われる要素なんてないはずだ。今度こそ、私はちゃんとした友達を作ったのだ。そう確信していた。

だから、大丈夫なはずだった。

みんなでファミレスに行ったその日。他の子たちがトイレに行っている間、私は席に座って荷物番をしていた。そういうシチュエーションになれば、大体私がそういう役を買って出るようにしていた。

隣に座っていた真矢ちゃんは、スマートフォンを机に置きっぱなしにしていた。不用心にも、起動した状態のままで。

SNSアプリの画面。それに違和感を覚えたのは、アプリ内の会話グループに、同じ名前の部屋がふたつあったことだ。

ひとつは私も入っている五人の部屋。もうひとつは、四人。

通路を確認すると、まだみんなが帰ってくる様子はない。

本能がよせと叫んでいた。心臓がどんどんうるさくなっていって、危機がそこに隠れていることを知らせる。

それでも、どうしても確かめずにはいられなかった。心が安心を求めていた。

私はその部屋を確認した。メンバーは……私以外の全員。私を除け者にした、秘密の部屋。それは開いてはいけないパンドラの箱だった。

きっと、何かあるはずだと思った。もしかしたら私にサプライズをする予定だとか、私の知らない趣味を共有しているとか。そういう理由なら分けられていても仕方がない。

縋《すが》るように部屋の会話を覗く。

目に飛び込んできたのは、心ない言葉の数々。

目の前の文章を理解できなかった。いや、理解したくなかった。

でもそこに書かれている名前は、紛れもなく私で。彼女たちが陰口を叩いているのは、間違いなく平井律で。みんなは私の陰口で盛り上がっていて。私を叩いて仲を深めていて。

私以外の四人で撮った写真がいくつもあって。

一番衝撃的だったのは、あの真矢ちゃんが率先して私を悪く言っていたことだった。

友達に順序をつけるのもよくないけれど、私は真矢ちゃんを一番仲がいい友達だと思っていた。向こうもそう思っていると信じていた。

むせ返るような悪意に吐き気を催した。嫌な汗が噴き出してくるのが分かった。慌てて画面を元に戻し、何でもないような顔を作った。

しばらくして、みんなが戻ってきた。いつも通りの明るい笑顔だった。そうしてまたくだらない話で盛り上がった。何も知らなければ、何てことのない日常だった。

でも、私は知ってしまった。同じテーブル席に座っているけれど、この輪の中に私はいない。その疎外感は、まさしくあの日、瑠華ちゃんの家の前で感じたものと同じだった。真矢ちゃんは、一体どんな気持ちで、私にあんなことを言ったのだろう。裏では私を罵って楽しんでいるのに、何故私によくしてくれるのだろう。

それからは地獄だった。私を嫌っていると分かっている人たちに囲まれ、表面上は仲よくして過ごす。そのストレスは尋常ではなかった。本当にそれが気持ち悪くて、何度も叫びそうになった。

どうして遊びに誘うの？

どうして笑っているの？

どうして話しかけるの？

どうして一緒にいるの？

見えないプレッシャーに、心が擦り切れていった。

限界を迎えたある日、私はついに言ってしまった。

『ねえ。私、みんなと一緒にいていいのかな』

一瞬、みんなの雰囲気が鋭くなった気がした。

しかし、すぐに表情がほぐれ、口々にしゃべり出す。

『どうしたの、律』

『なんかあった？』

心配そうな顔をする彼女たち。それは、子犬をあやすような目だった。か弱い可哀想な動物に向ける目。そういう目を向ける時点で、対等な友達なんかじゃない。

もう、私はそれが表面だけの演技だということを知っている。ここにいる人は誰も、私なんかの心配なんてしない。

思ってもないことを言うその態度に、強い憎しみを抱いた。嘘つき、嘘つき。みんな嘘つきだ。

『いいに決まってるじゃん。律は友達なんだから』

真矢ちゃんは、にこりと笑ってそう言った。それは聖母のような優しい微笑みだった。その表情の柔らかさと、腹に隠しているどす黒い感情の差にぞっとした。途方もない悪意に苛立ちが霧散してしまう。あんなに私のことをボロクソに言っていた人が、こんなにも温かい目を向けてくることが怖かった。

どういうつもりで、こんな言葉を吐いているのだろう。一体どうやって、こんな素敵な表情を作っているのだろう。人間の表裏のことを言っていたこの子が、一番別の顔を持っているじゃないか。

気持ち悪い。

不快感が腹の底からぞぞっとせり上がる。目の前の生物が何を考えているのか分からない。まるで、動くマネキンに囲まれているような気分だった。

『みんな、陰で私の悪口言ってるよね』

その瞬間、すっと全員の表情が消え失せた。

女子はコミュニティ内において、敵を作らないように、いつも愛嬌を作って他人と接している。

だから、絶対に集団の中でこんな顔をしてはいけない。それを向けていいのは敵にだけ。無機質な空気を放つその冷めた目は、まさしく人形だった。

『いや、言ってないけど』

『なんでそんなこと言うの？』

『証拠は？』

口々に放たれるその言葉には、敵意と弾圧が籠もっていた。今まで直接私に向けてこなかった態度が、化けの皮の裏側からさらけ出される。

都合が悪いことに言及されると、こうして流れるように被害者の立場に座るのだ。もう後戻りはできなかった。

『知ってるもん』

『だから、なんでそう思ったの？』

『……もういい』

『はあ？　何あいつ!?』

その日、私はグループから脱退した。彼女たちの中では、突然私が被害妄想で嫌われていると思い込み、グループを抜けたということになっている。

もう何でもよかった。これ以上、あの獣たちに囲まれて生きるのはうんざりだった。

私は分かりやすい彼女たちの敵となり、当然クラスで孤立した。

相手を叩く建前を手にした彼女らは、時折聞こえるように私の悪口を教室で言った。私は半年それに耐えた。

三年生になり、彼女たちとは別のクラスになった。きっと先生が気を回してくれたのだろう。

私は学んだ。誰も信じてはいけない。普通に仲よくしても、人の顔色を窺っても、こうしてこっぴどく悪意に傷付けられる。

だったらもう友達なんてほしくない。弱さを見せるから人はつけ込んでくるのだ。私は誰にも心を許さず、ひとりで生きてやる。人間なんて嫌いだ。

今となって思えば、多分、真矢ちゃんはあの時、わざとスマートフォンを点けっぱなしにして席を立ったのだと思う。計算高い彼女があんな隙を作るなんておかしい。その証拠に、あの時彼女だけは一切動揺せず、私を弾圧しなかった。

きっとあれは真矢ちゃんの策だったんだろう。何もしなければそのまま私を追い込めるし、私がそれに言及すれば、彼女のスマートフォンを勝手に見たことを白状しなければならない。どう転んでも私を悪者にできる、ずるい手だった。

瑠華ちゃんの時は、まあ理解できる。新しい素敵な友達ができて、私に飽きて切り捨てた。本当に悲しかったけれど、あの子は自分の気持ちを隠さず正直に行動していた。

でも、真矢ちゃんは違う。腹の中では私のことを心底馬鹿にして罵りながら、とても親切に、優しくしてくれた。

なんで？

どれだけ考えても意味が分からない。嫌っているのなら、必要最低限の関わりをするだけでいいはずなのに。心の中では、まんまと騙される平井律を見て嘲笑っていたのだろうか。

それを考慮しても、あの子はあまりにも私に対して真摯だった。

私が風邪で休んだ時は、私の分までルーズリーフに丁寧な板書を取ってくれていた。移動している時、教室に忘れ物をしたら一緒に付いてきてくれた。体育の授業ですりむいたら、絆創膏を分けてくれた。

あれが全部嘘だったなんて信じられない。真矢ちゃんの行為は、あまりにも善意に満ち溢れていた。嫌いな人間に献身ができるなんて理解できない。

人の持つ二面性。

それをきっかけに、私は他人を信じられなくなった。


「……みんな嫌いだ」

大人数からの視線が嫌いになったのは、きっとあの出来事がきっかけだろう。無数の目を向けるアカメに渋い顔をする。別にこの魚たちが悪い訳じゃないけれど、やっぱり嫌なことを思い出すのは胸が汚される。

自分が何故、今の髪型を気に入っているのか分かった。瑠華ちゃんや真矢ちゃんがそうだったから、私は無意識のうちに、ロングヘアというものに嫌悪感を抱いているのだ。

非日常的な体験に浮かれ、すっかり忘れてしまっていた。ここがどれだけ素敵な場所だろうと、現実は息が詰まりそうな世界。平気で他者を傷付ける人間で溢れていて、私は大きな傷を抱えて生きている。残酷で荒々しい、夢も希望も持てない世界。そして、私も他者を傷付けるひとりだった。

この水槽に長居はしたくない。目を伏せながら足早にそこを立ち去る。

このエリアは淡水魚の水槽が多く設置されているようだ。コイやナマズの側を通り過ぎながら、深いため息を吐き出す。

やっぱり、悲しみなんて自分の邪魔をするだけだ。

ちょっと前までは魚たちの美しさを感じ取れたのに、今は視覚の情報が心を素通りしていく。重苦しくなった心では、ものの美しさを受け取ることなんてできない。

どうして心なんてものがあるんだろう。

そう嘆いた、その時だった。

何の前触れもなく、ぬっと床が暗くなる。足元に咲いていた光の花が、黒い闇に食べられてしまう。

おかしい、だってこの光は右側の水槽から差し込んでいる。それが遮断されるということは、それを覆い隠す何かがいる訳で。

「……まさか」

その原因を確かめるため、視線を動かす。

何となく、理由は想像できていた。

右上から降り注ぐ光を遮るほどの巨体。海にはジンベエザメよりも大きな哺乳類が存在する。地球上で最も大きい身体を持つ種族。普通の水族館では展示できないけれど、ここはカナシミ水族館。

「ク、クジラ……!?」

右側から一頭のクジラが、通路付近までやってきたのだ。

いくら現実離れしたサイズの水槽とはいえ、まさかこんなものまでいるなんて。その悠然とした佇まいに圧倒されてしまう。これは何クジラだろう。頭部にごつごつしたものがあるから、確かザトウクジラだ。昔テレビの番組でやっていた。

流線型の黒い身体、下顎から腹部にかけて伸びる柔らかそうな畝、巨大な翼のような胸ビレ。もちろん知識としては分かっていたけれど、いざこうして目の前にすると動くことができない。この動物はあまりにも大きすぎる。もはや生物というよりも、生きた船を見ているようだ。

巨大生物は頭を下げ、そのまま私の前まで潜水する。阻まれていた光が解放され、上からその身体を照らす。

はっきりと目が合った。

相手は私と同じ目をしていた。それは悲哀に満ちた瞳。眠たい子供のそれにも似た、諦観を宿す力のこもらない目つきだ。

上から降り注ぐ光が、下顎のラインや畝の線を真っ白に照らす。青い水中にクジラの白い部分が浮かび上がっている。同時に、光は隠されていたものも暴く。

そのクジラは、全身に数え切れない傷を纏っていた。刃物の嵐にその身ひとつで突っ込んでいったかのような。身体中に広がる無数の切り傷が白く照らされている。

どこからか、不思議な音が鳴り響いた。

ぞっとする不気味さと、心が落ち着く静謐さ。異なるふたつの色を併せ持った音。少しして、それがクジラの鳴き声だと分かった。

クジラの声を耳にするのは初めてだ。聞くだけで私までもが悲しい気持ちになる、そんな声だった。

「あっ……」

そして、クジラの傷が青白い模様へと変化する。一本一本の傷痕から、切ない光が漏れ出ている。その模様はシャコガイのそれと似ていた。黒い身体に浮かぶ細長い燐光は、夜空に流れ星の軌跡が描かれているようだ。

「綺麗」

初めて、傷付いている何かを素敵だと思った。その傷痕まみれの姿に心を奪われた。たとえ悲しみの光がなかったとしても、そのクジラは心をきゅっと刺すような何かを持っていた。

傷付いているものをいいと思うなんて、とても残酷だと思う。でも、私は本当にそのクジラを素敵だと感じたのだ。

そういえば、どこかでこれと同質の美しさを感じた気がする。

クジラは大きく尾を振るい、水槽の斜め奥へと上昇していく。

「待って」

その声が届くことはない。

物悲しい鳴き声を響かせながら、クジラは青に染まっていった。


通路には革靴の音が響いている。

さっきのクジラを忘れることができない。あの目、あの傷、あの声。桜が散るような、滅びを背負った美しさ。今まで見てきたどの魚よりも、私の悲しみを体現していた。もう一度ここまで近付いてこないかと期待したけれど、もうあの子は現れなかった。

少しの寂しさを覚えながら進んでいくと、小さな水槽が目に入った。白い砂が敷かれた内部には茶色い壺が三つ設置されている。よく見ると一番右の壺から、何やら不思議な光が漏れている。何度見ても飽きることがないその輝き。壺の中で、何かの魚が悲しみを放っているのだ。

「タコか」

説明文の名前にはマダコと記されている。自らを守る甲殻を持たない彼らは、頑丈な隠れ場所として喜んで壺に入るらしい。貝殻に潜むヤドカリみたいに、きっとそこが落ち着くのだろう。

この子も私と同じだ。柔らかく傷付きやすい身体を守るために、閉じた世界に籠もっている。ずっと生身で海中を漂っていれば、やがて凶悪な刃を突き立てられ、血を流すことになるから。だから外部の存在を遮断し、ただ静かに息をする。

「私たちにも、亀みたいな甲羅があればよかったのにね」

そんなことを口にすると、壺の奥からしゅるりと触手が伸びてきた。

その数は二本三本と増えていき、やがて中から、ふっくらとした灰色の身体と黄色い目玉が姿を現す。肉厚な吸盤がずらりと並ぶその触手。どうやらこの子は吸盤が発光するらしい。

タコは光る触手をなびかせ、水槽の手前まで移動して私を見つめている。タコもかなりの知能を持つと聞くし、私に興味があるのだろうか。

ネムリブカの時のように、そっと指を伸ばす。もちろん、今度は触らないように。そのままタコの目の前で、軽く指を振ってみる。何か反応してくれるだろうか。

タコはしばらくそれを見ていたが、ようやく何かしらの動きを見せた。

その時、想定外の出来事が起こる。

「うわっ⁉」

突如人差し指に絡みつく、柔らかな触手。

なんと水の膜を突き破り、タコが指に触れたのだ。

ガムみたいに柔らかい氷が纏わり付いているような感触。指先から始まる冷気の伝播と同時に、キィン――またあの音が鳴り響く。

それは中学の卒業式。最後のホームルームを終え、ようやく私は安堵していた。

やっとこのしがらみから離れることができる。とにかく、もう二度とあの子たちに会いたくなかったから、私は地元の子たちが行かない、離れたところにある私立高校を選んでいた。

別に高校生活なんて楽しみではないけれど、少なくとも、廊下ですれ違って舌打ちされるようなことはなくなるはずだ。今よりはまだ平穏な生活が待っている。

やっと終わった。私は耐え抜いたのだ。学校なんて行きたくはなかったけれど、あと少しの辛抱だと言い聞かせ、やっとこの中学を卒業したのだ。

生徒たちは帰らず、友達同士で記念写真を撮っていた。もちろん私には関係ない。一緒に撮るような友達もいないし、何よりも人と写真なんて撮りたくなかった。瑠華ちゃんも真矢ちゃんも今頃、友達と一緒に思い出を作っているのだろう。

生徒たちの青春を背に、私はひとりドアへと向かった。心残りなんてなかった。ただただ一秒でも早く、この嫌な思い出が残る建物から出たかった。

『あ、平井さん帰っちゃうよ。最後みんなで撮らなくていいの？』

誰かが私に気付いたらしく、そんなことを言った。

『まあいいでしょ。別にいらなくない？』

誰かが放ったその言葉が、私の背中に突き刺さった。

確かに私はこの一年間、クラスに馴染もうとしなかった。だから友達もいないし、集合写真に交ざる道理もない。引き留められないのも当然のことだと思う。でも、どうして最後の最後に、そんなことを言われなければいけないの？

自分の存在を否定され、胸の奥が痛んだ。取り返しのつかない傷ができる感覚だ。特にその言葉は私の心を的確に抉るものだった。

そう、私はいらない子。小学校でも、中学校でも、誰にも必要とされなかった。一緒にいた子はみんな離れていき、私に消えない傷を与えた。結局最後には悲しみだけが残った。

どうして、私は生きているんだろう。

ひとりで泣きながら歩いたあの帰り道を、今でも覚えている。


「ううっ……！」

意識が引き戻される。呼吸が乱れ、心臓がひどく怯えていた。

嫌なことを思い出すのと実際に追体験するのでは、ストレスの鮮度があまりにも違いすぎる。傷口がぱっくりと開くこの苦しみを、誰が分かってくれるというのだろう。

私の指から触手を離したタコは、再び壺の中に戻っていった。

まさか、水槽を越えてくるなんて思いもしなかった。頭から突っ込んでしまう魚と違って、タコはその場に座ったまま触手を伸ばすことができる。それにしたって、まさか展示している動物がこっちまで来るなんて。

もしかして、あのクジラも水槽を突き抜けてきたりするのだろうか。さすがにそれはないと信じたい。

「私の壺はどこにあるのかな」

タコに別れを告げ、私はカナシミ水族館を歩く。

ああ、やるせないな。

せっかく少し前向きになれていたのに、心は曇ってしまっている。

やがて通路は狭くなっていき、例のトンネルが現れた。

おそらくこの先に最後のスタッフがいる。またこの憂いを吹き飛ばしてくれるような、すごいパフォーマンスを見せてくれるのだろうか。

心のもやもやを抱えながら、私はそのホールへと進んでいく。


通路を抜けると、最後のホールが現れた。

幻想的なＢＧＭが流れている。今までの場所よりもひんやりとした空気だ。照明を抑えた暗い空間を、青い水がぐるりと囲んでいる。つまり、そのホールの壁はすべて水槽となっていた。

ホール内には他にも様々な形の水槽が設置されている。長方形、円柱、球体、ドーナツ型。そして、それらの水槽に展示されていたのは、無数の白いクラゲの群れだった。

あの一万にもなろうかという魚群ほどではないけれど、それでも圧倒的な数だ。ざっと千匹はいるだろうか。

ホールを一周する水槽内を漂うクラゲの群れは、イワシとはまた違った趣がある。あちらが生命力に満ちた輝き、海の動の部分を見せるなら、こちらは深海の神秘性、海の静の部分をしみじみと感じさせてくれる。

まばらに設置されている水槽も、その形だけで印象が違って見える。オーソドックスな長方形、球体はまさしく金魚鉢のようで可愛らしく、細長い円柱は、海の神が創り上げた建造物のようだ。

中でもドーナツ型は面白い。ガラスを用いず水だけで構成された、この水族館ならではの芸当だ。リング状の水槽はお洒落な雰囲気を放っている。小さなインテリアとして机に飾りたいくらいだ。

でも、スタッフがどこにも立っていない。大体今までのスタッフは水槽の前に立っていたのに。きょろきょろと目を動かす。それに、もう行き止まりみたいに見えるけれど、この先の通路はどこにあるんだろう。

「お待ちしておりました、平井律様」

突然渋い声がして、思わず身構える。

水槽の陰から、ひとりの老人が姿を現した。オールバックの銀髪、左目に装着した円い片眼鏡、穏やかに細められた眼差し。年の割に背筋はびしっとしていて、いかにも老紳士といった風体だ。長袖の青いシャツに黒いパンツ。首元には薄地の白いストールを巻き付けている。

「初めまして。私、この『幻影《げんえい》の間』を担当している汀定利《さだとし》と申します」

彼は礼儀正しくお辞儀をする。首に巻かれたストールの膨らみと、極細に枝分かれした房飾りが揺れる様は、この水槽を揺蕩うクラゲを連想させた。

「よろしくお願いします」

あの片眼鏡が私の好奇心を刺激する。透き通るサファイアのようなその材質。タクトくんの指揮棒、つつみさんの笛の前例から考えると、あれがパフォーマンスの道具だろう。でも、眼鏡をどう使うのかさっぱり想像できない。今までの道具とは違って、今回は装飾品だ。しかも片方だけ。

「この『幻影の間』は、今までのホールとは違い、特に芸を見せるということはありません。存分にクラゲたちの姿をお楽しみください」

会釈して壁側の水槽へと近付く。暗い室内に浮かび上がる白いクラゲたち。朧気な佇まいが幻想的だ。ふよふよと漂う様子を眺めていると心が安らぐ。

この感覚は知っている。深夜にベランダで満月を眺めていた時と同じだ。誰にも邪魔されない静謐な空気と透明感。シャボン玉のように脆い身体は、小さな儚さを感じさせる。

少し後ろに下がって眺めると、まさしく星空を目にしているようだ。柔らかに舞うクラゲたちを見ていると、自分も無重力の世界にいるように錯覚してしまう。不思議な浮遊感だ。時の流れが遅くなっているように感じる。

クラゲたちを見物していると、汀さんが私の隣まで歩いてくる。

「このミズクラゲ、中央に模様があるでしょう。これは胃なのですよ」

「胃？」

目を丸くしてそれを見つめる。透明な四つ葉のクローバーのような模様。これが透明な胃だなんて。何かを食べたらそこだけが変色するのだろうか。見てみたいような、生々しいような。

後ろ手の姿勢で、汀さんは笑いかける。

「これまでのホールと比べて、なかなか退屈な場所でしょう」

「いえ、そんなことは」

失礼にならないようにかぶりを振る。もちろんここだって綺麗だと思うけれど、確かに少しだけそう思っていた。今までのスタッフみたいに、この人もクラゲを用いた幻想的な光景を見せてくれるのではないかと、ちょっぴり期待していた自分がいる。

そんな私を見透かすように、老紳士は問いかけた。

「ところで、このクラゲたちを見てあなたはどう思いますか？」

「えっと……月並みな言葉ですけれど、とても綺麗だと思います」

彼はうんうんとうなずいたあと、一歩近付いてそっとささやいた。まるで親が見ていない隙を見計らって、孫にこっそりお小遣いを与える祖父のように。

「実は、このクラゲたちには秘密があるのですよ」

「秘密？」

一体どんな秘密があるのだろう。一見変わった様子はない。もしかして、珍しい種類のクラゲなのだろうか。でもミズクラゲってそんなに変わった名前じゃない。むしろ平凡な印象を受ける。多分、どの水族館でも展示されている種類だろう。

それとも、何か不思議な現象を引き起こしたりするのだろうか。沢渡さんのところで見たイルカは、虹色の飛沫を立てていた。このクラゲたちも、そういう能力があるのかもしれない。

彼はゆっくりとした口調で秘密を明かす。

「この『幻影の間』には、たった一匹のクラゲしかおりません」

「えっ？」

明かされた秘密に困惑する。展示しているのは一匹だけ。じゃあ、今私が見ているこれは何？

「残りはすべて、高度な3Dホログラムで水中に投影された映像なのです」

「映像!?」

信じがたい情報に驚愕し、すぐに側のクラゲを観察する。

ふっくらとはためく傘、一本一本が細やかに動く絹糸のような触手。これが映像だとはとても思えない。すごい技術だ。本当に生きているように見える。

元々クラゲは顔という概念がない存在だから、そういうものと相性がいいのかもしれない。

「平井様には、この中から本物を見つけていただきたいのです」

「私が、ですか？」

呆然として周囲を見回す。森に生えているキノコみたいなクラゲの大群。この中から本物を見つけ出すなんて、どう考えても不可能だ。一体何千分の一の確率を引き当てねばならないのか。

「そんなの無理ですよ。それに、本物かどうかなんて分からないじゃないですか」

「ご安心を。この眼鏡には、悲しみを見通す力があるのです」

そう言って、彼はフレームに指を添える。やっぱり、あの片眼鏡はただの装飾品ではなかった。悲しみを見通す片眼鏡。つまり汀さんだけは、ここに紛れ込んでいる本物が分かるということだ。審査役が務まることは納得できたが、それでも無茶苦茶だ。何とか食い下がる。

「たとえば、本物だけの特徴みたいなものはあるんですか？」

「ご自分の悲しみですから、きっと分かるはずですよ」

微妙に答えをはぐらかされる。

「何より、この先に進むには本物を見つけねばなりません」

「えっ、あれ!?」

意味深な言葉に、入ってきた通路へと首を向ける。通路は塞がって水槽の一部になっていた。

嘘でしょ、確かにここにあったのに。これでは本当に、最初の頃に言っていた拉致監禁ではないか。

「制限時間などはございませんので、ゆっくりとお探しください。もちろんチャンスは一回だけではありません。当てるまで何度挑戦しても構いませんよ」

「……やるしかないってことですか」

汀さんはこくりとうなずき、神妙な顔で呟いた。

「ご自身で本質を見極めるのです」

常識外れの水族館だけれど、まさか建物まで変化するなんて。何が他と比べて退屈な場所だ、これじゃまるっきり脱出型のアトラクションじゃないか。

ため息をついてホール全体を見渡す。あの水槽の壁を考えると目眩がするので、まずは身近なところから探っていこう。

四角い水槽を睨み続ける。数十四のクラゲがそこにいる。違いなんてさっぱり分からない。

そうだ、こういう時は、クイズを出す側の立場を考えて――ちらりと横目で汀さんの視線を探る。もしかしたら、答えのある方向が分かるかもしれない。

しかし、その浅はかな作戦は失敗に終わる。彼はしっかりと目を瞑っていた。

「ううむ、どうもこの頃目が疲れやすくていけません。おや、どうかされましたか？」

「……いえ」

完全に読まれていた。己の未熟を思い知らされて顔が熱くなる。

大人しく本物のクラゲを探すことにする。そうだ、映像ということは、直接触って確かめれば分かるはずだ。

でも、いくらガラスがないからって、さすがにそれは駄目か。マナー的にもよくないし、何よりうっかり本物を触って傷付けてしまうかもしれない。やはりこの目で判別するしかないか。

駄目だ。全然分からない。顔をしかめていたその時、ドーナツ型の水槽の方に、水色に光るクラゲが現れた。思わず大きな声が出る。

「あっ！」

「おお、見つけられましたかな？」

そうか、判別する方法はまだ残っている。悲しみの光がそのまま本物の証明をしてくれる。発光するその時まで、根気よく待てばいいのだ。序盤に早々光るとは、私は運がよかったようだ。案外早く終わって拍子抜けする。

すたすたと水のリングに駆け寄る。そして異変に気付く。

光るクラゲが、三匹に増えている。

「まさか……！」

浮かれてしまってよく見ていなかった。確かに色が変わっているけれど、これは悲しみの見せる色合いじゃない。あの炎にも似た柔らかな光の揺らぎがなく、ただただ身体が青に染まっているだけだ。これは、まさか。

「そうそう、お客様が飽きないように、時々クラゲの色が変わるようです。時には変化というものも必要になってきますからね」

とぼけた調子で汀さんは咳払いをした。見つけた希望が一瞬で潰えてしまい、がっくりと肩を落とす。これはこれで綺麗だけれど、今の状況では非常に迷惑だ。

無理だ、全然分かんない。設置されている水槽の周りを歩きながら、やるせない息を吐いて天井を仰ぐ。

このまま永久に見つけられなかったら、どうなるのだろう。道中ではずっとここにいたいとさえ思った。でも、自分の意思で出られないとなれば、途端に閉塞感がやってくる。

それに、答えを見つけられない課題の途中という状態もストレスだ。時間はまだまだあると言い聞かせても、焦燥がじわじわと迫ってきているのを感じる。

落ち着け、焦っても仕方ない。ぴしゃりと両手で頬を叩き、不安を飛ばす。とりあえず行動に移そう。黙っていても永遠に正解できない。こうなれば手数で勝負だ。

「……これは？」

「いいえ」

「これとか」

「違います」

「じゃあこれ」

「ううむ、残念」

ダメ元でチャレンジしてみるけれど、やはり全部が不正解だ。どれを見ても代わり映えがしない。選び尽くしてしまったので、仕方なく壁側に移動する。

さらにその数を増して私を待ち構える、圧巻のクラゲたち。ただでさえ区別がつかないのに、さらに何匹かが青色になったりする。ややこしさに頭が痛くなってくる。

小学生の頃、大量の物体が写った写真の中から、お尋ね者を探す本に夢中になったことを思い出す。こういうものは娯楽としてなら楽しいけれど、義務となると一気に面倒くさくなる。

それに、この広さではどれが一度選んだ個体かも分からない。せめて選ぶたびに消えてくれたら終わりが見えてくるのに。ページが増え続けるテキストに取り組んでいる気分だ。

「全然分からないんですけど……」

「一見、これらすべてが同じに見えるでしょう。しかし、ひとつとして同じクラゲは存在しません。我々は得てして楽な感じ方・楽な理解を選んでしまうものです。何事も一括りにしてしまうと、見えなくなってしまうものもあるようです」

もっとひとつひとつに意識を向けろということだろうか。やっている、やっているけど分からない。どれだけ目を凝らしても、違いなんて理解できない。

「ヒントは、今までのスタッフの中にあります」

「スタッフの中に……？　あっ！」

今まで会ったスタッフ。須波さん、タクトくん、つつみさん。彼らの顔を思い浮かべた瞬間、はっと脳裏にひらめきの泡が浮かんで弾けた。

そうだ、私は今まで何を見てきたんだろう。すっかり失念していた。彼らは私の悲しみに対し、深く集中して心を静めてから取り組んでいた。

やり方は教えてもらったはずだ。心象風景と目の前のものが繋がるあの感覚。一匹だけいる本物のクラゲだって私の悲しみなのだから、知覚できるはずだ。

「そうか、ああやればいいんだ」

「その通りです」

汀さんは私の隣から後ろへと移動する。集中しやすいように気を遣ってくれたのだろう。肩の力を抜いて目を閉じる。すべてが凪いだあの領域は、心の底から集中しないと到達できない。雑念を捨てなければ。

息を吸って、ゆっくりゆっくり吐いて。自分の内部に意識を向け、深く深く沈んでいく。どこかで幻影に紛れ漂っている、私の悲しみを見つけるために。

集中、集中……。

沈んでいた意識が、ある地点でぴたりと停止する。

反対方向を向いた水流が、私を阻んで押し返そうとする。どれだけ進もうとしてもその場から先へ行けない。なんで？

次第に焦りや苛立ちが広がり、意識を侵食してはさらに集中を阻害する。集中しようとすればするほど、どんどん意識が浅くなっていくのが分かる。

駄目だ。こんな精神状態では到底あの領域には辿り着けない。『魚群の間』では上手く入れたのに。汀さんがいるから？　いや、もっと根本的な問題だ。きっと私ひとりだとしても成功しないだろう。

「はぁ」

これ以上やっても無意味だ。諦めて目を開く。そうして眺めるクラゲたちは、やっぱり全部一緒に見えた。見る目がない自分に嫌気が差す。

「いかがですか」

「全然です。タクトくんの時みたいに集中できなくて」

「ふむ、何か理由があるのですかな」

理由。あの時と今、何が違うのだろう。この水族館に愛着を持った今、むしろ来たばかりの頃よりもリラックスできそうなのに。

いや、違いならある。私はさっきはっきりと、自分で過去の嫌な記憶を思い出した。忌まわしい中学時代の、新しい友達との記憶。ずっと触れないようにしていた、じゅくじゅくと黒く膨れた膿。数年経った今でも私の胸を抉る厄介な思い出を。

きっと、無意識のうちに心が拒絶しているのだ。悲しみとは、自分を傷付ける危ない刃物。だからさっきは途中で集中が止まってしまった。わざわざそれに近寄れば、また痛い思いをすることになるから。

「ずっと、考えているんです」

「ほう？」

彼は片眼鏡に手を添える。

「どうして悲しみなんてものが、人の心にあるのかなって。あっても苦しいだけじゃないですか。悲しみがなかったら人は落ち込むこともないし、前を向けますよね」

「ふむ。人は悲しみを超克してこそ、さらに成長できるからではないでしょうか」

彼は少しも動じずに即答した。まるで最初から答えを用意してあったかのように。分かりきったことを質問してしまったようで、何だか自分がとても幼稚な人間に感じる。

じゃあ、私はいつまでも成長できないままだ。それも全部私が悪いのだろうか。他人に心を踏みにじられて大きな傷を負ってしまっても、勝手に傷付いて苦しむ私のせい？　そんなの、あまりにも理不尽だ。やったもの勝ちじゃないか。

「どうやったら、嫌な記憶を克服できるんですか」

「ひとつの方法は、自分を愛してくれる仲間と共に過ごすことです。人は案外脆い生物でして、ひとりだけではなかなか上手に生きていけません。他者からの思いやりや支えは、前に進む強い助けとなってくれます」

どす黒い怒りが胸を満たした。

その仲間を作れないから、こんなに苦しいんじゃないか。その仲間に心を損なわれたから、こうして孤独の道を選ぶしかなかった。どれだけ頑張っても、仲間なんて誰ひとり私の側に残らなかった。みんなみんな、私を必要としなかった。

正論に心を刺激され、抑えていた感情の蓋が外れる。怒りと苛立ちが溶け込んだ熱い血液が、心臓の鼓動により身体全体を巡っていく。

「それじゃあ、仲間だと思っていた人に傷付けられたら、どうしようもないじゃないですか」

「世界には様々な人間がいます。相手がそういう人間だったことは不運ですが、すべての人がそうだとは限りません。諦めずに人と接し続ければ、あなたを愛してくれる方が必ずいます。長い人生です、どうか希望を捨てないでください」

ふざけるな。

そんなのあまりにも無責任な言葉だ。いつ出会えるかも分からないくせに、薄っぺらい気休めを向けないでよ。

今までの人生で、私を必要としてくれる人なんてどこにもいなかった。誰も本当の友達になんて、なってくれなかった。偉そうに人生なんて語らないでよ。こんなに傷だらけになって、何のために生きる人生なんだよ。

「一体どこにいるんですか。いたって出会えなきゃ無意味ですよ。いつ見つかるんですか。いつかきっと報われるはずだからって、自分にそう言い聞かせ続けて、この先もずっとずっと苦しんで生きていけばいいんですか」

「いいえ、あなたは……」

「なんでこんなに痛いんですか。なんでこんなに苦しいんですか。ずっとこうやって絶望しながら生きていくなんて、そんなのまるで悲しみの奴隷じゃないですか。心の痛みに弱ったまま、押しつぶされているのは悪いことですか。人間と関わりたくないと思うことは、みっともない逃げですか。教えてくださいよ、なんでわざわざ悲しみなんてものが私の心にあるんですか⁉」

爆発した感情が、今までずっとひとりで抱えてきたものが、とめどなく言葉に変わって放出される。強い情動が嵐となって心の中をぐちゃぐちゃにする。

人の言葉を遮って話すなんて、ずっとしてこなかったことだ。思っていたことを口にするほどに、際限なく涙が溢れていく。

喚くだけ喚いて、ようやく私は八つ当たりをやめた。いや、正確にいうと、八つ当たりができなくなった。息継ぎすらせずにひたすら泣き叫んでいたので、もう身体が限界だったのだ。

ずっと抑え込んできた思いを吐き出し、肩を大きく上下させて呼吸を紡ぐ。全力疾走をしたように息苦しい。ううん、ずっと私は息苦しかったんだ。

最低な気分だった。惨めで空しくて鬱陶しくて、自分なんて今すぐ消えてしまえばいいと思う。生きるのが苦しい。何もかもがもう、嫌だ。

汀さんはしばらく黙っていた。私の呼吸が少し落ち着くのを待ってから、ようやくその口を開く。

「……先ほどの答えは不適切でしたね。私の言葉選びが間違っておりました。申し訳ございません」

謝罪なんてする必要はない。あなたは間違ったことを言っていないし、悪いのは全部私の方なのだから。ただ勝手に泣いてしまっただけ。私には謝られる資格なんてない。

「この水族館が、何故人の悲しみを展示しているか」

数秒溜めてから、彼は告げた。

「それは、悲しみが何よりも美しいものだからです」

乱れていた身体の動きが止まる。

悲しみが、何よりも美しいもの？

「悲しみとは、欲望や悪意が介入できない純粋な感情です。人は何かを大事に想っていなければ、悲しいと感じることはできません。その感情はクラゲのように、非常に繊細で慎ましいものです。悲しみが持つ儚い美しさ、それをこの水族館は展示しています」

はっと顔を上げる。

悲しみが持つ美、それを聞いてようやくすべてが繋がる。

水槽に展示された魚たち、つつみさんの涙、傷だらけのザトウクジラ。私の心を揺さぶったそれらは、悲しみが見せる美しさだったのだ。儚くて、純粋で、切なくて。光に透ける薄氷のような感情。

「先ほどは平井様の事情も考えず、勝手なことを申し上げました。改めてお答えしましょう」

彼はすんと鼻から空気を吸い、はっきりとした口調で言葉にした。

「悲しみとは、誰かを大事にするためにあるのです」

その言葉が、真っ直ぐ心の中に入ってきた。さっきの神経を逆撫でする正論とは少し違う、悲しみの本質。ずっと存在意義が分からずに苛まれてきた呪いの答え。

「あなたはたくさん傷付き、多くの悲しみを抱いてきた。だからこそ、あなたは人の痛みを分かってあげることができます。大きな傷をそのまま大きな優しさへと変え、大切にしたい誰かを、誰よりも大事にすることができるのです」

「大切にしたい、誰かを……」

つつみさんに寄り添うことができたのも、確かに悲しみのおかげだ。そのつらさを知っていたから、彼女に感情移入することができた。涙を拭うことができた。

「あなたには、深い友情を育む才能があるのです。平井様に、そうしたい方はいらっしゃいませんか？」

その言葉を聞いて、真っ先に思い浮かんだ存在。すべてを諦め切り捨て塞ぎ込んだ、こんな私の側にいてくれる、たったひとりの女の子。

でも、私がその気持ちを台無しにしてしまった。

弱々しく首を振る。

「私には無理ですよ。相手を信じる勇気がなくて、その子を傷付けてしまったのに」

「一度も間違わない人間など存在しません。生きていけば、不本意にも傷付けてしまうことはあります。肝心なのは、そこからどうするかです。その過ちを悔いて相手の心と向き合えたなら、あなたはさらに深い優しさを持った、素敵な人になれます」

彼の慈愛に満ちた目が、しっかりと私を見つめる。

「どうかお忘れなきように。悲しみは、あなたの敵ではありません」

その瞬間、心がすっと軽くなった。

厭わしく思っていたそれを、肯定されるなんて。悲しみは自分を脅かす厄介な感情。ずっとそう思ってきた。だから悲しみを感じることはよくないことだと考えていたし、悲しみそのものを恨んでいた。

でも違う、悲しみは私の敵じゃない。誰かを大切にするため、誰かを傷付けないための方法を教えてくれているんだ。痛覚がなければ、人は自分の身体をすぐに使い潰してしまう。それと一緒だ。大事にするためにそういう機能が備わっているんだ。

悲しみを感じることは、悪いことじゃない。

嗚咽が止まり、呼吸が安定していく。自分の世界が大きく変わった気がする。

涙を拭い、この悲しみの先生に頭を下げる。

「……ありがとうございます。ちょっと楽になりました。さっきは八つ当たりしちゃって、本当にすみませんでした」

「いえいえ。お客様が抑圧から解放されたとなれば、スタッフ冥利に尽きますよ」

朗らかな笑顔で彼は答える。私の無礼を当然のように許してくれることが、とてもありがたい。きっと嫌な気持ちにさせてしまったはずなのに。

「もう一度、やってみます」

心が安らかだ。目を閉じ、深呼吸を始める。すんなりと意識が深いところにまで潜っていく。

悲しみだって、私の中の一部だ。自分をどれだけ恨んで否定したところで、結局自分から逃れることはできない。

大丈夫、今度は絶対成功する。きっと本物のクラゲは、今頃寂しい思いをしているだろう。私が見つけてあげなくては。

あかり。あなたの思いやりを踏みにじって、本当にごめんなさい。私は弱い人間だから、その気持ちに向き合う勇気がなかったの。一刻も早く謝って、あなたの痛みを和らげたい。

けれど私は未熟だから、もう少し時間がかかりそう。自分の弱さを乗り越えて、カナシミ水族館を回り終えたその時、あなたと一緒に笑えるような人間になれているといいのだけれど。

意識が真っ白な世界に到達する。燃える涙で作られた青白い球体。そして、表と裏すべてがリンクしていく。

目を開く。胸を打つような感覚が、確かにこの水槽内に存在している。巨大な水槽に漂う無数の幻影。それらに惑わされず、しっかりとした足取りで右側へと進む。

クラゲの映像の中に紛れて漂うその個体。今なら分かる。そう、外見だけでは分からないものがあるのだ。本当に大切なものは、私たちの内側に存在している。

指を差して、はっきりと答える。

「この子です」

「……お見事」

右目を瞑った汀さんの拍手と共に、水槽内のクラゲたちが一斉に消えていく。あれほど白い幻影で溢れていた広い水槽には、ただ一匹のクラゲだけが残った。満開の桜が嵐で一斉に散ってしまったような、なんともいえない寂しさを抱く。

と、目の前の水槽に異変が生じた。中央部分に波紋が発生し、そのまま拡大していく。それが三メートルほどの円に成長した途端、そこでぴたりと停止する。そしてまた、中央から新たな波紋が生まれ、その大きさまで成長していく。

それを繰り返すごとに間隔がどんどん短くなり、絶え間なく水面が揺らぎ続ける。歪んだ年輪のざわめきを見ている気分だ。ずっとそれを見ていると、何だか空間までが歪んでいるように思えてくる。

いや、これは目の錯覚ではない。波紋が生まれるたびに、水槽の表面が向こう側へと凹んでいっているのだ。子供が少しずつ砂山の表面を掘り、トンネルを作っているように。目まぐるしい速さで波紋が奥へと進行し、やがて水槽の中に一本の通路が現れる。

「すごい、トンネルができた……！」

「水とは千変万化の変幻自在。まさしく人の心のようですねえ」

それを聞いて少し悲しい気分になる。彼の言うとおり、人の心は変わってしまう。

瑠華ちゃんだって、最初は確かに私のことを大事に思ってくれていた。でも、ずっとそういう訳にもいかないらしい。どれだけお互いを大切に感じていたって、生きていくうちに人は変わってしまう。もし、あかりと仲よくなって、それでもまたいらないと思われてしまったら。それを考えると、やっぱり萎縮してしまう。

「……ずっと変わらずにいることは、無理なんでしょうか」

「おそらくは無理でしょうね」

ばっさりと切り捨てられ、目を伏せる。

「じゃあ、私が人を信じようと思っても、大事にしようと思っても、その気持ちもいつか変わってしまうんでしょうか」

「世界は変化し続けるものです。平井様を形作る細胞さえも、新陳代謝により変わり続けています。盛者必衰の理《ことわり》の中で我々は生きております」

盛者必衰の理。どんなに勢力を持つ者も、いつかは衰えて消えてしまうこと。不変のものなど存在しないという言葉だ。何百年を生きる楠の大樹さえも、いつかは枯れて風化してしまう。

「ただ、変化とは悪い方へ向かうことだけではありません。時にいい方へと変わることがあります。先ほどお答えした、過ちを反省して自分を改めること。これもまた変化です。平井様は反省をせず、これからも同じことをしたいですか？」

「いえ」

「我々は生きていく上で、変化から逃れることはできません。小さな船で果てのない大海原を漂っているようなものです。進路によっては嵐に遭ったり、大漁の恵みを受けることもあるでしょう。そのような世界を航海するにあたって、何が必要だと思われますか？」

頭を悩ませる。変わりゆく世界で生きるのに必要なもの。何だろう、希望とか、絶対に諦めない心？　でも今更そんなことを言うだろうか。どんな嵐にも負けない頑丈な船？それがないから困っているのだけれど。

「えっと……心の強さ？」

「ええ。もちろん船の強度も重要ですが、それは少しずつ補強していけばいいのです。ですが、その強い船を間違った方へと進めてはなりません。誤った海域に向かわないための、羅針盤が必要なのです。どんな時でも自分を正しい方角へと導く、確かな道しるべが」

「羅針盤……？」

方位を測定する器具。それは一体、どういうものを表しているのだろう。

「それがあれば、悪い方へと傾いた時、自分を引き戻してくれます。我々は常に同じ場所へと留まり続けることはできませんが、正しい方角へと進み続けようとすることはできます」

「その羅針盤は、どうすれば手に入りますか」

「平井様はもうそれをお持ちですよ」

「え？」

汀さんはにこりと笑って言った。

「確かに、気持ちは時を重ねていくうちに、薄れて変質してしまうかもしれませんね。だからこそ、誰かを大切にしたい、その気持ちを何度も思い返してください。時の埃が覆い尽くすたびに払ってください。それだけは絶対に忘れないよう心がけていれば、少なくとも失ってしまうことはありません。優しい人間はちゃんとそれを分かってくれます。あなたの気持ちに応えようとしてくれます。この世は無常かもしれませんが、人間は無情ではありません」

ああ、この人は、どうしてこんなにも私が求めていた答えをくれるのだろう。絶望が埋め尽くす未来に、一筋の希望が道となって現れたような気がした。

「お互いがお互いの道を正し合えたなら、きっとあなた方はどこまでも進んでゆけますよ」

「でも、私は……」

「大丈夫。あなたを愛してくれる人はいます。完璧な人間など存在しませんし、誰にでも欠点はあります。ですが、人は相手の欠点を好きになることもあるのです」

「欠点を？」

あまり理解できない。欠点とはその人に欠けている部分だからそう呼ぶのでは。

「たとえば、百戦錬磨の舞台俳優が実はあがり性で、撮影前になると緊張で震えていたら、ちょっと親しみを感じませんか？」

「ああ……確かに」

タクトくんから聞かされた須波さんの話を思い出す。完璧な好青年に見えるあの人も、お酒を飲むとすぐに上機嫌になって肩を組んでくる。それだって、見ようによっては欠点だ。でも、それを聞いても嫌な感じはしなかった。

長所しかない人間を前にすると、かえって息苦しくなるかもしれない。欠点があるからこそ、それは捉えようによっては長所になるのだ。

そうか、いい部分と悪い部分は裏返しなのだ。人の顔色を窺って気分を害させないように振る舞うのは、気遣いであり八方美人でもある。中学時代の私をあの子たちは嫌っていたけれど、人によっては気が利く子だと思うかもしれない。

人には合う合わないが存在するのだ。私は無理して、誰とでも合う人間になろうとしていた。

「絶望することはありません。ご自分の悲しみに誇りを持ってください」

ああ、ここに来て、自分では思いもしなかったことに出会ってばかりだ。悲しみなんて、ただの弱さだと思っていたのに。それは心の価値を教えてくれる大事なもので、誇れるものので。いらない子の私にも、愛してくれる人はいるのだろうか。私は、大切にしたい人を愛せるだろうか。

それでも、あかりのことを考えるたび、足が竦む自分がいる。

「でも、やっぱりまだ怖いんです。たったひとりだけ友達がいるんですけど、その子を信じてまた悪い結果になったらと思うと、どうしても勇気が出なくて」

「痛みを恐れるのは、生物として至極当然のことです。気に病むことはありません。それを乗り越えたいと思えることが肝要なのです。克服したいとは思っているのでしょう？」

「はい……スタッフさんと話していくうちに、ちょっとずつそう思えるようになった気がします」

「それは重畳《ちょうじょう》です。平井様はこの水族館で悲しみを知り、学び、感じ、少しずつ強くなっていらっしゃいます。今ならばご自分の心と向き合うことができるでしょう。ただし、それはここではございません」

「え？」

彼はトンネルに右手を差し出して言った。

「須波青年のところへお行きなさい。そこであなたは、真の勇気を手に入れるのです」

真の勇気。本当にそれを手に入れられるなら、どれほど心強いだろう。

水槽へと目を向ける。そこには切り開かれた新たな道がある。このカナシミ水族館の旅を終わらせる、最後の通路が。

行かなければ。

「さて、それではチケットを拝借」

「はい」

彼が道具を外すと、精悍なその顔つきがあらわになった。眼鏡がなくなると、汀さんの印象が変わって見える。着けている時は柔和な校長先生って感じだったけれど、今は厳格な武道の師範という感じだ。合気道なんかがしっくりくる。

「さあご注目を。ワン・トゥー・スリー」

「あっ！」

そのカウントに応じて、片眼鏡が一瞬で印章へと変わる。

「見えなかった……！　他のスタッフさんの時は、もっとゆっくり変わっていたのに」

「ほっほっほ、亀の甲よりなんとやらですねえ。この汀定利、伊達に歳を食ってはおりませんよ」

朗らかな笑い声と共に、白いストールの先端が揺れる。

「変わることはなかなか難しいものですが、きっかけによっては、案外一瞬で変化することもあるようですねえ」

「一瞬で……」

「さあ、どうぞ」

にこりと目尻に皺を寄せ、彼はチケットを私に渡す。予想通り、四つ葉の上に五匹のクラゲが刻印されていた。するりと伸びる細い触手の曲線が柔らかだ。暗闇を飛び交う蛍の軌跡みたい。

完成したそれをじっくりと眺める。悲しみの光で作られた三種のスタンプ。これが、本当のカナシミチケット。

「綺麗……」

「ついにコンプリートですね。おめでとうございます」

スタッフたちを象徴する生物のスタンプは、私がここで誰かと心を通わせたという紛れもない証だ。嬉しくて、ずっとその宝物を眺めてしまう。

それを大事に仕舞い、私は意志を口にする。

「汀さん、本当にありがとうございました。どうなるか分からないけれど、私、頑張ってみます」

「ご武運を。それと、先ほど申し上げようとしたことですが……」

首を捻る。一体何のことだろう。もしかして、私が途中で遮ってしまったあれのことだろうか。

「いえ、止めておきましょう。すべてのスタンプを集めた今なら、じきに分かると思います」

「じきに……？」

何だろう、止められると余計に気になってしまう。でも元はといえば私が遮ったせいだし、追求する権利もないか。汀さんが言うべきではないと判断したのなら、それを尊重しよう。

彼は頬を緩め、しみじみと声に出す。

「どうか、あなたの未来に幸あらんことを」

「ありがとうございます」

人生の師ともいえるその老人に別れを告げ、私は海のトンネルへと足を踏み出す。

真の勇気を掴むため、私は旅の終わりへと向かう。

5．哀染めの深層部

マリンブルーのトンネルの中は、『幻影の間』よりもさらに冷え込んでいる。上も右も左も、目を向ければ何かしらの魚がすぐそこで泳いでいる。本当に海の中を散歩しているようだ。

進んでいくうちに、水の色が少し濃くなり、段々現れる魚のジャンルが変わってくる。やけに身体が膨らんでいたり、目が大きかったり。きっとこれは深海魚だ。ごつごつした黒い魚を見て、それは確信に変わった。

頭から生えた触手の先が、ちかちかと発光している。これはチョウチンアンコウだ。これが有名な提灯。真っ暗な場所でこんな光を目にすれば、思わず手を伸ばしてしまいそうだ。

右手に小さなタコが現れる。ただしそれは普通のタコではない。パラシュートのような形をしていて、タコというよりもクラゲに近い姿だ。頭頂部に平べったい耳のようなものが生えている。

それは放射状に広げた触手を繋ぐ膜をはためかせ、クラゲと同じような遊泳方法をしている。もちろんその速度も非常にゆったりとした、大人しいものだ。ふにふにとしていて可愛らしい。金魚鉢で飼育できたら、さぞかし和ませてくれることだろう。名前が気になるけれど、残念ながらこの道には説明文がない。

「うわ、これって」

今度は左手に原始的な姿をした生物がぷかぷかと泳いでいる。白と薄茶色の縞模様の殻。隙間からのぞく大きな目玉に無数の触手。アンモナイト……はもう絶滅したんだっけ。確かオウムガイみたいな名前だった気がする。

不思議な生物は二匹で水の中をゆっくりと漂っている。何だかこの道を進むにつれて、古代にタイムスリップしていくような気分だ。

私も浦島太郎の話みたいに、戻ったらおばあさんになっているかもしれない。そう思っていた、その時だった。

ぬるり、と黒い影が背後から忍び寄る。

辺りが暗い影で覆われた。間違いなく何かが私の側で光を遮っている。

またクジラが近くに寄ってきたのかと思い、私は天井を見上げる。

「ひっ⁉」

それを目にした瞬間、呼吸が止まりそうになる。

大きなふたつの目玉が、すぐそこから私を見下ろしていた。

ひらひらと忙しなく動くエンペラ。白に赤が交じった筒状の身体は、まるでミサイルのようだ。白い吸盤が目立つ、綱のように太い触手。全長は少なくとも五メートル以上はある。

実物を目にしたことがないけれど、嫌でも何の生物か分かってしまう。これが、噂のダイオウイカ。

「びっくりした……」

こんなものまでいるのか。時々砂浜に打ち上がってニュースになる珍しい生き物。本当に何でもありの水族館だと実感させられる。

ぎょろりとした目玉にうねうねとした触手。こうして間近で見ると、本当に地球上の生命体ではないように感じる。あの触手に捕まってしまえば、抜け出すことは不可能だろう。

……触手?

「あっ……」

その可能性が思い浮かんだ瞬間、背筋が凍りつく。

あのタコは私に触ることができた。触手を持つ生物は、水中からそれを伸ばして水面の向こう側に干渉することができる。

つまり、頭上の生物がその気になれば、私に逃げ場はない。これほど長い触手なら、伸ばせば床まで届くだろう。

もし、向こう側へと引きずり込まれてしまったら。

想像した瞬間、ぞぞっと鳥肌が立った。

狙いを定められないように走る。しかし頭上の目玉はエンペラをはためかせ、悠々と追いついてくる。

不気味だ。何を考えているのか分からない。自分の影と鬼ごっこをしているかのように、逃げても逃げても距離が生まれない。捕食者に狙われる原始的な恐怖が心を埋め尽くす。

それに耐えきれず悲鳴を上げそうになった瞬間、汀さんの言葉を思い出した。

『悲しみは、あなたの敵ではありません』

そうだ、この大きなイカだって私の悲しみ。決して私の敵じゃない。私を襲うような生物を、このカナシミ水族館が展示しているはずがない。

逃げるのを止め、しっかりと向き合う。

ほら、別に何もしてこない。ただこの子は私を見ているだけ。

「あ……」

ダイオウイカの胴体に、青白い光が浮かんだ。それも今までとは違い、特定の場所が光るというものじゃない。表面のあちこちに細かい光の円が浮かび、ぱっと広がってはふっと消えていく。

それはまるで、雨に打たれる水面のように。その光に規則性はなく、まばらになったり、とある部分で密集したりする。

まるで宇宙と交信しているようだ。絶え間なく変化を続ける様は、焚き火の揺らぎに似ていた。ずっとこの点滅を眺めていられそうな気がする。

ダイオウイカはやがてゆらりと進み、水の奥へと消えていく。

光の届かない世界で暮らすとされている、謎に隠された生命体。

あの子はただ、寂しかっただけなのかもしれない。


あかりと一緒にいるようになったきっかけは何だったっけ。ひとり海中歩行をしながら考える。

同じクラスで近くの席になった。ただそれだけだ。特にドラマチックなきっかけなんてなく、気が付けば一緒にいるようになっていた。

いや、それはあまりにも傲慢な考えだ。だって、私は何もしていない。私に話しかけた大体の人は、しばらくしてから心を閉じている私を察して疎遠になっていく。でも、あかりだけはずっと側にいてくれた。

私はずっと、彼女に甘えていたのだ。私たちは、ふたりで一緒にいるんじゃない。ただ向こうが一緒にいてくれているだけ。ただ相手が話しかけてくれているだけ。口を開けて餌をせがむツバメの赤ちゃんみたいに、ただ受け身のまま相手の厚意をもらっているだけだ。あかりがその気になれば、すぐにでも私はひとりになってしまうだろう。

当然の現実を悟り、取り返しの付かないことをしてしまったと実感する。

もう、あかりは私にあの笑顔を向けてくれないかもしれない。

もう、あかりは私の席に来てくれないかもしれない。

何事も、失ってからその価値を思い知る。次に会った時、あかりが私に近寄らなくなっていて。それに焦って何とか話しかけてみると、今までの人たちのような冷めた目を向けてきたら。

怖い。

汀さんはああ言ってくれたけれど、反省してももう遅いかもしれない。どれだけ謝っても許してくれないかもしれないし、もしくは見切りを付けられて、一定の距離を保ったまま心を閉ざしてしまうかもしれない。こうしてあかりを自分に置き換えると、今まで私がどれだけ取っ付きづらい態度を取っていたかが分かる。

それでも、ちゃんと伝えよう。今度は間違わないように。それで駄目だったら仕方がない。私はすでに過ちを犯してしまったのだから。

でも、もし許してもらえたなら。

その時、私たちは本当の友達になれるかもしれない。

そういえば、「何となく」に敏感になりなさい、と中学の先生が言っていたことを思い出す。

人間が無意識のうちに感じているものは、後々になって大切なことに変わる。一緒にいて何となく嫌だと感じたら、すぐにその人から距離を取りなさい。一緒にいて何となく居心地がいいと感じたら、その人を手放さず大切にしなさい。何となくいいなと思えるような相手と結婚するべきだ、と。

確かこれは先生が旦那さんと離婚した頃に言っていた話だっけ。梅干しを口に入れたような顔で、生徒たちに話していたのを覚えている。

当時はその言葉を理解しようとしなかった。だって、ずっと目を背けて考えないようにしていたけれど、真矢ちゃんたちといるのは「何となく」嫌だと薄々感じていたから。その話を肯定してしまえば、私はまたひとりぼっちになってしまう。

でも、先生の言うとおりだった。結局、何となく嫌に感じていた人たちは、私のことなんて何とも思っていなかった。

じゃあ、あかりはどうだろう。

何となく、一緒にいて心地がいい。あかりと話していても、心臓がひりひりするような、あの嫌な緊張を感じない。

必要なことは何でもシャキッとこなす割に、そうでない時は意外とのんびり屋さんなところ。運動神経がよくても誰かを見下すようなことがなく、人には向き不向きがあるよねというスタンスを持っているところ。「律はこうだよね」と、他人の立場に立って物事を考えてくれるところ。

まだ会って数ヶ月だけれども、あかりの感性が好きだ。

もっと彼女の色んな部分を知りたい。私がまだ知らない、彼女の素敵な部分。私がまだ知らない、彼女の欠点。どんなものかは想像できないけれど、あかりと心を通わせられたのなら、それも好きになれるかもしれない。

その時、通路の両側に不思議な魚が現れた。

三メートルはあるだろうか、竜のように細長く、太刀魚のように光り輝く銀色の身体。頭から生える赤いひげのようなものが、女性の髪のようにさらさらと後方へ流れている。

まさしく神様の遣いを思わせる上品な出で立ちの深海魚、これもニュースで見たことがある。

「リュウグウノツカイだ……！」

名前が証明するその雰囲気に心を奪われる。二匹のリュウグウノツカイは私の歩幅と同じ速度で横に付いてくる。ひとりで進む私に付き添ってくれているのだろうか。もしかしたら、さっきのあの子もそうしてくれていたのかもしれない。

「あ」

奥の方に出口が見えてきた。二匹の同行者は、くにゃりと身体を曲げて去っていく。私は彼らに手を振って、前方に見える暗い空間を見つめた。

もうすぐ、カナシミ水族館の旅が終わりを迎える。

須波さんが待ち構えるそこで、何が起こるのだろう。

「……よし」

唇をきゅっと結び、私は覚悟を決めて通路を抜けた。


それは、最初見た時とは別の姿へと変化していた。

入った瞬間目に飛び込んだのは、無数の青白い魚たち。メインである超巨大水槽を泳ぐすべての魚が、あの燐光を放っていた。それだけではない。魚たちが泳ぐたびに、それに触れる周囲の水までもがゆらりと青白い光を放つ。まるで波の刺激を受けて輝く夜光虫のように。

それは、今まで見てきたどの水槽よりも悲しみに満ちていた。一体、私がここを回っている間に何があったのだろう。

「お疲れ様。いい顔になったね」

「須波さん」

水槽の前で、須波さんが立っている。背後の夢幻的な青が、彼の雰囲気を物悲しく彩る。

「どう、楽しんでもらえたかな？」

「はい。ここに来てよかったです。それと……さっきはすみませんでした。色々と失礼な態度を取ってしまって」

「気にしてないよ。楽しかったなら何より。それよりさ、これを見てどう思う？」

彼はそう言って、この超巨大水槽へと視線を動かす。

どう思うも何も、最初とは雰囲気が別物だ。どこか近寄りがたいような静寂が空間を支配している。

「一体何が起こってるんですか……？　こう、神秘的だとは思いますけど」

「深化していってるんだよ。君が自分の中の悲しみに近付くたびにね。つまり、ここが君の悲しみに最も近い場所なのさ」

「深化……」

ここが私の悲しみに一番近い水槽。水の色もさらに深みを増している。それに、魚たちの発光が終わることがない。どの魚も、絶えず朧気な光を放ったまま泳いでいる。完全に光のシルエットになっていて、もう何の魚かもよく分からない。

煌々とした光が水中に残す小さな軌跡は、すぐに消えてしまう。それは一瞬で咲いては散る花火のようで。心の奥からその儚さに夢中になる。

この巨大水槽は危険だ。人の心を魅了しかねない妖美さに満ち溢れている。

「律さん？」

「……あっ。すみません、ちょっとぼうっとしてました」

「ここから見ている分には綺麗だよね。でも今のあれをあまり長く見続けない方がいい。太陽と一緒さ。当てられてしまうよ」

私たちは水槽に背を向ける。ほんのりと青白く照らされた床は、月明かりが差し込む深夜のベランダのようだ。

「あの、汀さんが言ってたんです。ここに行って真の勇気を掴めって。どういう意味なんですか？」

「そうだね、説明しようか。その前に……君はどうしてここにやって来たと思う？」

それは私が聞きたいのだけれど。カナシミチケットを持っているから、いや、それだけじゃここまで来られないはずだ。

「……強い悲しみに苛まれたから？」

「そのきっかけは何だった？」

きっかけなんて、言われなくても分かる。ここを回っていく最中、ずっと考えてきたことだ。

「友達……その子はあかりっていうんですけど、彼女を傷付けてしまったからです」

須波さんは腕組みをして、何度もうなずく。

「ふうん。その子と何があったんだい？」

「私は小学校も中学校も、友達に裏切られてきました。それで人を信じられなくなって、心を閉ざして生きてました。高校で出会ったあかりはそれを察してくれていて、それでも勇気を出して私との距離を縮めようとしてくれたんです。なのに、私はそれをはねのけてしまいました」

「なるほどね。それで、君はどうするつもり？」

一瞬、躊躇する。

はっきりと言葉にすれば、もう逃げることはできない。

それでも、言わなければ。

ぎゅっと拳を握って、強い意志と共に、自分がすべきことを口にした。

「謝って、あかりと本当の友達になろうと思います」

今までたくさん否定されてきたせいで、私は自分さえも信じられなくなっていた。ここを訪れる前だったら、きっと声に出せなかったはずだ。あかりのことを嘆きながらも、結局何もしないままで終わっていただろう。

でも、もう違う。スタッフのみんなのおかげで、私は向き合おうと思えるようになった。

「うん、とてもいいことだ。ちゃんとそれができるならね」

「……どういう意味ですか」

むっとして言う。まるで初めからできないと決められているようで、少し不愉快だ。

彼は不敵に笑って現実を知らしめる。

「逆に聞くけれど、君は今まで人を信じられずに、閉じこもって生きてきたんだろう？　はたして、人がそう簡単に変わることができるだろうか。経験というのは根深いものさ。今ここでなら立派なことを言えるだろうけれど、その子を前にして、本当にそうすることができるかい？　絶対に何があっても、行動に移すことができる？　相手が無視してきたり、自分を厭わしく思う目を向けてきても、本当に君はそれに耐えて距離を縮められるかな？」

「……それはっ」

痛いところを突かれて、すぐに答えが出てこない。私は、自分が駄目な人間であることを誰よりも知っている。

この温かい世界の中では口にできても、現実の世界はとても残酷で冷たいものだ。ずっとあかりにそんな態度を向けられたら、私は多分萎縮してしまうだろう。

「言い淀んだね。迷いがある時点で無理なんだよ。だってまだ、君は悲しみというものに怯えているんだから」

「そんなことはありません。私はもう、悲しみは敵じゃないってことを知ってます！」

「所詮、他人の言葉を借りているだけだろ」

鋭い言葉に思わずびくっとする。

「汀さん辺りから聞いたのかな？　それは君自身が考えて辿り着いたものじゃないだろ。人の言葉や哲学を借りたって、自分が成長した風に錯覚するだけだよ。身体を鍛える、知識を貪る、それをするのは他でもない自分だ。成長とは自発的なものさ。どれだけ耳触りのいい思想を借りたって、そんなもの、逆境の前には吹けば飛んでいってしまうよ。結局それは他人が築いてきたものの上澄みをすくっただけの、薄っぺらい感化なんだから」

彼の攻撃的な態度に心臓が怯え出す。あんなに優しそうな雰囲気だったのに、どうしてこんなきついことを言ってくるのだろう。

でも、彼の言っていることは正しいと感じた。私は汀さんの言葉に浮かれて、自分が成長したように錯覚したんだ。だって、やっていることは今までどおり、ただ何もせずに受け身でいただけなんだから。

あの人の言葉を受けて、それが素敵な言葉だと感じ、自分の中にしまった。ただそれだけ。自分から会得したものではない。私が持っているのは付け焼き刃の刀。彼の考えを猿真似したって、肝心な時にはぽきっと折れてしまうだろう。

それでも、うずくまっているままじゃ何も変わらない。それを証明するために言い返す。

「だからって何もしなかったら、ずっとこのままじゃないですか」

「まあね。挑戦するのはいいことさ。ただ、何事においても準備というものは大切だろう」

「私はまだ、準備ができてないって言いたいんですか？」

「そうだ。何故って？　君は悲しみを知らないからさ」

「……は？」

　さすがにそれは聞き捨てならない。今まで、私がどれほど悲しみを感じて生きてきたと思っているのか。それだけは否定される訳にはいかない。そもそも、ここはカナシミ水族館でしょ？　そこに来る人間が悲しみを知らないなんてことがあるはずないのに。

「知らないというより、理解できていないという方が正しいかな」

「どういうことですか？　ここはカナシミ水族館で、たくさんの魚が泳いでいるじゃないですか。これは全部私の悲しみなんでしょ？」

「厳密にいえば、あの魚たちは悲しみを宿した記憶であって、悲しみという感情そのものではない。イチゴ味のお菓子とイチゴそのものは全然違うだろう」

　いまいち納得できない。悲しみを宿している記憶は、そうして抱いた感情も兼ねているはずだ。

「よく分かりません。悲しい感情が存在するから、悲しい記憶になるんじゃないですか？

確かにイチゴ味のドーナツだったら別物でしょうけど、たとえばショートケーキにはイチゴが入ってるじゃないですか。それを食べる時、イチゴそのものを味わうことになるはずです」

「あーごめん。僕のたとえが悪かった。イチゴのことは一旦忘れて」

右手で顔を押さえ、彼は言い直す。

「つまり何が言いたいかっていうと、君は純粋な悲しみを感じて受け止めるべきなんだ。僕たちの心に機能として備わっている、根本的な感情を」

「純粋な悲しみ……？」

「そうだ。今まで君が見てきたものは、本体からいくつもの体験へと割り振られた悲しみにすぎない」

「……つまり、本当の悲しみはもっと壮絶なものだってことですか？」

恐ろしい可能性に眉をひそめる。しかし彼は半分正解で半分不正解だと言う。

「過去のつらい記憶のせいで、君は悲しみというものに対して、膨れ上がった虚像を抱いてしまっている。注射にトラウマを持った少年が、青年になってもそれをとてつもなく痛いものだと、心の中で定義してしまうようにね」

彼はそう言って、左腕に伸ばした右の人差し指を当てる。

「ただ泣くほどに痛いという記憶だけが残り、それが正確にどれくらい痛いのかを忘れてしまってるから、トラウマは想像力を食らってさらに強大な化け物となる。だから本当はもう耐えられるような痛みでも、思い込みが耐え難い激痛へと成長させる」

「……私も過去の体験のせいで、悲しみそのものを、必要以上に恐れているってことですか？」

「そういうことだね。幽霊の正体見たり枯れ尾花。恐怖を克服するには正しい理解が必要だ」

そう言って、彼は藍色の帽子を深く被り直した。

「さあ、そろそろ本題に入ろうか」

彼は水槽へと近づき、光る魚たちを背にミステリアスな笑みを浮かべる。

「改めて自己紹介をしよう。僕は須波月人。この第一ホール『悲哀《ひあい》の間』のスタッフだ」

「第一ホール……!?」

確か、つつみさんは第三ホールと言っていた。順序的に考えれば、タクトくんの次は第二ホールのはずだ。ただの入り口だと思っていたことも、スタッフが待っているホールのひとつだったのだ。そして、お客さんへの説明係と言っていた彼も、最後に現れたホールのスタッフということは。

「このカナシミ水族館には行きと帰り、ふたつのチケットが必要になる。行きのチケットは、君はもう手にしているね」

ポケットからカナシミチケットを取り出す。これが行きのチケット。だったら帰るにはもうひとつチケットが必要だ。

「そして、帰るには……この水槽の中に入って、自分で悲しみの核を捕まえないといけない。それが帰りのカナシミチケットになる」

「……えっ？」

唖然として水槽を眺める。幻惑的な煌めきを宿した巨大な青い壁。この果てしなく大きな悲しみの海に入って、魚を捕まえる？

「冗談、ですよね」

「お酒を飲んでる時以外、僕はいつだって大真面目さ。大人になってから注射を克服するには、その痛みを感じて具合を知ることが大切だろ？　荒療治ではあるけれど、今の君なら挑戦する資格くらいはある」

ごくりと唾をのむ。

私はこの水族館を回って、ようやく挑戦する資格を手にしただけ。本当に自分を変えるには、この無茶苦茶な試練を乗り越えて、純粋な悲しみそのものと向き合わないといけない。

「チャンスは一回だけですか？　それと、もしそれに耐えられなかったら、一体どうなるんですか？」

「それを君が知る必要はないね。これからもそうして、自分が確実にできそうなものだけを選んで生きていくつもりかい？　それじゃあいつまでたっても今の君のままだよ」

いちいち棘のある正論をぶつけてくる。きっと、彼は試しているのだろう。私が未知の不安に耐え、危険性をも受け入れて挑戦できるかどうか。

何もしなければ、何も変わらないままだ。

変わるには、自分が何かをしなければならない。

人を信じられないのは、過去の経験だけが理由ではない。

私はずっと、自分に自信がなかったのだ。瑠華ちゃんも真矢ちゃんも、最後には私に背を向けていってしまった。素直に生きても取り繕っても、今まで私は本当の友達を作ることができなかった。そのせいで、自分には人としての魅力がないと思っている。

だからこそ、どうしてあかりがこんな私の側にいてくれるのかが分からない。文句のひとつも言わずにいつも駆け寄ってくれるのには、何か裏があるのではないかと思ってしまう。真矢ちゃんの時みたいに、陰では私のことを嫌っているかもしれない。

そう、分からないのだ。ここまであからさまに他者を拒絶しているのに、何故あかりは私を捨てないのか。

信じる勇気がないのは、心を預けた相手から刻まれる心の痛みが怖いから。

でも、本当はみんなも同じなのかもしれない。タクトくんだって怖いと言っていた。私は今まで、傷を付けられっぱなしで終わってしまったから、ずっとそれに囚われているのだ。

人の全部を諦めずに、高校で新しい友達を作っていれば、この人間不信も少しはましになっていたかもしれない。見切りを付けてそんなものだと思っていれば、人間関係の綻びに怯えることもなかったかもしれない。

正直、そんな難しいことを考える必要はきっとない。そこまで相手に期待せずに、ほどほど心を開いてほどほどの付き合いをするのが、最も賢い選択なのだろう。喧嘩をして別れることになっても、まあそういう時もあるよねって。多分、他の人たちもそうやって生きていると思う。

でも、私はずっと、親友という存在に憧れを抱いている。

お互いにとって大切な存在。

もしなれるなら、それはあかりがいい。

過去の呪いに囚われたままでいるのは、もう嫌だ。

「やります」

「ほう」

よく言ったとばかりに、彼は目を閉じて口角を上げた。

ゆっくりと水槽を見上げる。魅惑的な光に目が眩みそうだ。

私を待ち受ける、最後のアトラクション。

悲しみとの付き合い方なら、今までのパフォーマンスを通して、もうみんなから教わった。

心を落ち着かせて、整理して、見極めて、触れる。

大丈夫。私ならきっとできるはず。

視界を放棄し、空気を目一杯肺に取り入れる。焦らなくていい。丁寧にいこう。繊細な心には繊細な呼吸が必要だ。ゆっくりと胸を膨らませ、不安を吐き出していく。何十回でも何百回でも続けよう。植木鉢に水を注ぐように。日が沈んで月が昇るように。

怯えて萎縮した状態では、きっと悲しみの核を受け入れることはできない。悲しみは敵じゃないけれど、今の私にそれを語ることはできないのだ。

檻に閉じ込めた獣に対して、この子は優しい子だから大丈夫だなんて言っても説得力は皆無だ。本当にそれを証明するには、自分の身を守るものをすべて取り払って、裸で対峙しなければならない。それが受け入れるということだ。

深く、深く落ちていく。

それは微睡《まどろ》みにも似た感覚。音のない世界。風すら吹かない私だけの水面。そこで浮かんでいる青い火の玉は、私の悲しみそのものだった。生まれた時から私と共にあった、大事な儚い感情。でも、それは残り香みたいなもので、本体は別のところにある。

波紋が広がるように、音が反響するように、その強い感覚が伝わってくる。

見つけた。

あなたは、そこにいるんだね。

待ってて、今迎えに行くから。

私は目を開く。悲しい魚たちが目に飛び込んでくるけれど、もうそれをしっかりと見つめることができる。心を落ち着かせれば、その美しさを余すことなく受け取ることができる。

ごちゃごちゃになった悲しみを、まずは整理しよう。

両手を構え、切なく光る魚たちの面を捉える。二列の魚群がひとつの螺旋を描きながら、やがて大きな輪となった。この広い空間を目一杯使っているから、そのスケールも段違いだ。

続いて新しい軌跡を描く。螺旋構造の輪は幾重にも重なっていく。

頭には、タクトくんが作り上げたあの形のイメージがある。でもそれじゃ駄目なんだ。私の悲しみを掴みたいのなら、誰よりも自分の悲しみを理解しなければならない。だから今、彼を超える形を作らないといけないいんだ。

誰よりも、自由に私の悲しみを。

そこで、予想外のことが起きた。青いキャンバスの上下から、ザトウクジラとジンベエザメが姿を現したのだ。どちらも光が模様として発現していた以前とは打って変わって、全身が燐光で満たされ、巨大な光の塊になっている。

問題ない。

慌てる必要はない。大きな身体を持つ彼らには、独立した個として一番外側を遊泳してもらう。

無数の悲しみの中から、それらを少しずつ取り出して輪に仕立てる。複雑なものの正体は、単純なものの集合体。地道にひとつずつ解いていけば、いつかゴールへと辿り着く。

「できた」

ようやく、悲しみの整理が完成する。

この超巨大水槽全体に広がる、同心円状の悲しみの円環。輪の軌道上を五つの魚群の球が公転していて、その一番外側を、二匹の海の守護者が周回している。

そういえば、遺伝子は螺旋構造をしているんだっけ。タクトくんのホールで見たそれはきら星や銀河を思わせたが、これはより細胞的で根源的な、海の星、地球の核心のような印象を受けた。

そして、その輪の中央に座す、一際大きな魚群の球体。

あの中に、私の悲しみの核がある。

一番難しい工程を終えることができた。あとは中に入って触るだけだ。

革靴を脱ぎ、眠りにつくように、悲しみの海に身を投じる。

心臓が止まりそうな冷たさが、身体の芯まで染み込んだ。

キィン——その瞬間、意識が過去へと遡る。


『平井さんって笑わないよね』

今年の五月辺りに、教室でどこかから聞こえてきた言葉。きっと誰かの会話を耳にしてしまったのだろう。

笑わないいんじゃない。笑えないいんだ。昔は当たり前のように笑えていたのに。

その悲しさを胸にしまい、聞こえないふりをした。


「……なんで？」

意識が戻る。今、私は魚に触れていないのに悲しみの記憶が蘇った。小さな魚を見落としてしまったのだろうか。いや、水槽の中と繋がった今の状態で、見逃すなんてことはありえない。

とにかく、悲しみの核のところへ向かおう。水中でも息を気にしなくてもいいから、無理して腕を使う必要はない。抵抗を減らすために両腕の力を抜いてだらりと下げ、足だけを動かして進む。

キィン——ああ、またた。

『あの子、三組の女子に嫌われてるよ。すごい自己中なんだって』

今度は、中学三年生になったばかりの記憶。幸いにも、同じクラスになったことのない人や、あまり話したことがない人が多かった。馴染みのある面子で固まっていた彼らは、未知のクラスメートである私を不思議な目で見ていた。

そして、噂を聞いていた誰かが、私にそんな評定を下した。平井律は突然自分が嫌われていると思い込み、グループを抜けた自己中心的な人間だと。

当然、そんな前評判が立っている人間に好き好んで関わろうとする者はいない。みんなは遠巻きに、平井律をちらちらと観察していた。まるで、弾かれ者がこのクラスの平穏を破壊するのを期待しているようだった。それもまた、学生生活における一種のイベントとして。

悔しかった。私はむしろ被害者なのに、どうしてそんな人間にされなければならないのか。でも、わざわざ自分から弁明しても白々しいだけだ。それに、もう誰かと関わりたいと思わなかった。大人しく残りの時間を過ごせれば、それでよかった。

また意識が戻り、そこで私は確信する。

魚たちが泳ぐたびに、水が悲しみの光を放っていた。本当に夜光虫と同じ仕組みだ。私が水をかけばそこに光が生まれ、動かした部位がそれに触れることになる。

つまり、この水槽内で前に進むたびに、私は悲しみの記憶を思い出してしまう。

なるほど、確かにこの水槽は、外から見ている分には綺麗だ。だけどその内側は、肌が割れそうなほどに痛む真冬の湖の冷たさで満ちている。その中でもがけばもがくほど、凍てつく針が全身を刺す。

「……負けない」

私は決めたんだ。どれだけ苦しくても、悲しみの核を捕まえるって。ここからあの魚までに、どれだけ過去が邪魔してこようとも、私は進む。進まなければいけないんだ。

頭上に広がる悲哀の魚群天体を見据え、その核の許へと泳ぐ。

『あいつと仲よくなろうと思うやつなんていないよね』

『あっそ。じゃあいいわ』

『律、おばあちゃんはね、もう死んでしまったの。でも、これからの律をずっと空から見守ってくれているからね』

『お前さ、ちょっとは楽しそうにしろよ』

『枯れた花は早く捨てないと』

『あの子、告白されたら誰でも受けるらしいよ。真矢ちゃんが言ってた』

『平井さん？　ああ、瑠華の元友達だっけ』

『あの子、仲よくする気がないいんじゃないの』

『お前がいつも寂しそうにしてるから彼氏になってやろうと思ったのに！　こっちこそ願い下げだ！』

『あの捨て猫、もう死んでるよ』

『は？』

『人の気持ちが分からないんでしょ。ああいうタイプは』


嫌な記憶が何度も蘇るたびに、胸の奥が張り裂けそうになる。

魚群に近付けば近付くほど、よりたくさんの苦しみが蘇る。呼吸はできても胸が重い。それを何とか受け入れようとするものの、怒濤のように押し寄せる哀傷に精神が削れていく。絶え間ない耳鳴り音に、もう頭が割れてしまいそうだ。

私の心を損なってきた、無数の傷。何気ない言葉だったり、はっきりした悪意だったり。忘れてしまいたいものばかりだ。

いくつかはもう頭から消えていたのに、鮮明にフラッシュバックしては平井律という人間を蹂躙する。

どれだけ前向きに生きようとしたって、心ない人間たちに邪魔される。

忘れたい記憶ばかりが積み重なっていく。

傷が増えれば増えるほど、人間が嫌いになる。

人間を嫌えば嫌うほど、不幸になっていく。

負の循環から抜け出せない。

深い悲しみを感じる。

大切な人が、例外なくいつかは必ず死んでしまうことが悲しい。

明日を生きようとした花が、枯れた瞬間から無価値なゴミへと変わることが悲しい。

人を踏みにじっても平気でいられる人間がいることが悲しい。

相手を思いやらずに傷付ける方が、よほど生きやすいこの世界が悲しい。

ご先祖様たちが、生き延びるために誰かを傷付けてきたことが悲しい。

子孫たちに、そんな世界での生を強制してしまうことが悲しい。

世界に悲しみしか見い出せない自分が悲しい。

自分の心の弱さが悲しい。

ああ、悲しさだけが人生だ。

目の前が真っ暗になっていく。底のない闇がすべてを覆い尽くしてしまう。自分の存在すら、意識という不確かなものでしか証明できない。私はどこに向かっているのだろう。

どんなにすごい人でもいつかは死ぬ。どれだけ何かを築き上げても、最後にはすべてなくなってしまう。肉体は衰え、脳機能は低下し、やがて心臓は止まる。

大きな穴が待ち構える一本の道を、真っ直ぐ歩き続ける人生。まるで私たちは、失うために生まれてきたみたいだ。

こんな世界の、何に希望を持てばいいのだろう。

「……分かんないよ」

瞳がその闇を受け入れる。絶望が身体中に染み込んでいく。

目を閉じようとしたその時、目映い光が溢れ出した。

「えっ……これって」

救いのない無間地獄を照らす、彗星のような青い光。こんなにも輝いているのに、少しも目を刺激してこない。瞳を潤すように馴染む、月光のような優しい光だ。

突然発生した現象に動揺する。その出所を探ってみると、ポケットの中にしまっていたカナシミチケットから発せられる光だと分かった。

青いクリスタル板から放たれる光が、私の周囲を照らしてくれる。よく見ると、その光はチケットの内部から出ているものだと分かった。中央のマークから、強い光が漏れ出している。地平線から日の出の光が広がっていくように。

そうだ、ここを回り始めた頃、チケットの中に何か別の色が入っているように見えた。

中に隠されていたそれが今、煌々と光り輝いているのだ。

ひんやりとした光なのに、心がほうと温かくなる。

両手で持ったその発光体を見つめていると、中央のマークから亀裂が入り出した。どうしよう。このままじゃ、カナシミチケットが。

その氷が軋むような音と共に、ひび割れから青い粒子のようなものが漏れる。

これは、悲しみの光だ。でも、私のじゃない。

何かが聞こえる。誰かの声が心の中に響いている。

間違えるはずもない。いつだって私のところへ来てくれる、その声の主は。

「――あかり？」

稲妻状の亀裂が走り、はっきりと声が感じ取れた。

それは、彼女からのメッセージだった。

『律へ
突然不思議な水族館に来て、困惑しているかもしれません。招待したのは私、三宅あかりです。そこはカナシミ水族館といって、自分の悲しみが魚になるところです。危ない場所ではないので、とりあえず安心してください。たった一度だけしか来られない場所なので、じっくり楽しんでおくといいです。ちなみに私の推しはメンダコです。

さて、律を招待した理由の前に、まずは私のことを少し話したいと思います。

私は、前の学校でずっとひとりぼっちでした。中学の頃は友達もそれなりにいたのですが、新しい環境になって慣れ親しんだ人たちがいなくなり、途端に心を開けなくなってしまったのです。私ってこんなキャラだったっけ、と自分でも不思議に思いました。何故か心の壁を作ってしまい、相手を拒絶してしまうのです。

私は今まで、みんなのおかげで楽しい中学生活を送れていたのだなと痛感しました。小さな頃から育んで完成した人間関係から放り出されてしまえば、私は本当に何もできない人間だったのです。

クラスの輪が形成されていくたびに焦りばかりが募っていって、余計に殻へと閉じこもってしまうようになりました。時々話しかけられても、自然な対応ができず、そのたびに自分が嫌になりました。

時々中学の友達と会い、高校生活はどうかと聞かれ、「楽しくやってるよ」と嘘をつきました。充実した中学時代から落ちぶれた私を知られたくなくて、見栄を張ってしまったのです。それがとてもつらく、悲しくて仕方がありませんでした。

そんな私のクラスでは、いじめが起きていました。といっても私がいじめられていた訳ではなく、ひとりの大人しい女の子が被害を受けていました。どうやら教室を歩いている時に、クラスのリーダーの子の鞄をうっかり蹴ってしまったようです。そのせいで機嫌を損ねてしまったらしく、いつも小さな嫌がらせを受けているのでした。

幸いにも、その子のおかげで私はターゲットにされずに済んだのです。私が女子の中では背が高い方で、運動もできる方だったということもあるのかもしれません。

彼女の机に紙くずを置いたり、わざとノートを返さずに教壇に置きっぱなしにしたり、そういう場面を目にするたびに、どうしようもなく心が痛くなりました。人の悪意を目にするとやるせない気持ちになりました。その矛先が自分の方に向かないかとひどく不安になりました。

私はあの子が傷付くことを望んでいる。そう思うと自己嫌悪に塞ぎ込みました。

孤立している者同士、体育の授業でペアを組むことがありました。ほんの時々でしたが、その子と会話を交わしました。慎ましい、とてもいい子でした。幸せになるべき人間だと思いました。たかが一度の不注意で、こんな苛烈な扱いを受ける道理はないはずでした。

少しずつ、私たちは仲間意識を抱くようになりました。彼女は本当に謙虚で、一緒にいると心がほっとするような人間性を持っていました。

彼女と仲よくなるにつれて、罪悪感は増えていきました。本当に仲よくしたいと思っているのであれば、いじめっ子の行いを止めるべきなのです。心の底で、私は仲よくしすぎないように気を付けていました。そのせいで、自分にまで被害が及ぶことを恐れていたからです。

浅ましい自己保身をしたまま、都合よく彼女に友達のような顔を向けていました。

ある日の放課後、私は校舎の隅で、彼女が女子たちに囲まれているところを目撃しました。

迷いました。助ければ、きっと私に敵意が向いてしまう。見て見ぬ振りをしようとしましたが、それでもこのままではきっと駄目だと思い、勇気を出してその中に入っていきました。心の中では怖くてたまらなかったのですが、意を決して彼女を連れ出しました。

一緒に歩く帰り道で、彼女は何度もお礼を言いました。それから色んな話をしました。こんなに饒舌になったのは、多分お互いに初めてでした。ようやく私たちは本当の友達になれたのだと感じました。損得勘定抜きで彼女と向き合えた自分が、少し好きになりました。

翌日から、私への嫌がらせも始まりました。不快な思いをたくさんしましたが、ただ友達がひとりいるだけで、とても心強く感じました。

気丈に振る舞う私に苛ついたのか、嫌がらせは過激化していきました。

でも、彼女たちも馬鹿ではありませんでした。少なくとも、人を蹂躙することにかけては。

それは秋頃のことでした。席に座る私を取り囲む女子たち。その中に彼女も交ざっていました。何があったのだろうと不思議に思っていると、ひとりがやれよと吐き捨てました。彼女は、床に置いていた私の鞄を思い切り踏みつけました。そして、ちりとりを持ち上げ、私の頭に大量の埃とゴミを振りかけました。

何が起こっているのか、よく分かりませんでした。

彼女は嬉しそうに振り向いて「これでいい？」と言い、ひとりが「認めてあげる」と笑いました。これは想像ですが、私を捨てる代わりに、彼女たちのグループに入れてもらう約束をしていたようです。

散々自分を傷付けてきた相手に媚びた笑顔を向ける彼女を見て、胸を引き裂かれたように感じました。

この子は私を売って安全を買った。その選択自体を責めはしませんが、あの日、一緒に笑い合って帰ったのは何だったのだろう、と思いました。

翌日から、彼女は率先して私に嫌がらせをするようになりました。本当は嫌々やっているのだろうと思い、彼女もつらいのだと考えました。

でも、違ったのです。

彼女は嫌がらせを楽しんでいました。自分より下の生き物が現れたことが、嬉しくてたまらないようでした。今まで見せていた健気な姿は、弱い自分が持てるせめてもの取り柄だったようです。

あんなにいい子だと思っていた人も、何かのきっかけでころりと変わってしまう。そんな人間の二面性が恐ろしく、もう誰も信じられなくなりました。

学校へ行くのは止めました。人間という生き物に心から失望し、この世界で生きていかなければならないことに、心から絶望しました。

未来への希望が微塵も見えず、ひどい自暴自棄になっていました。どれだけ泣いても心は安らぎませんでした。

そんな私に、とある人がカナシミチケットをくれました。私はそこで、前を向くことができるようになったのです。

両親が私に気を遣ってくれたようで、家を引っ越すことになり、新しい高校へと転入することが決まりました。

今度は上手く立ち回ろうと決意していました。人に敵意を向けられないよう、要領のいい振る舞いをしてやっていこうと。

そして、律と出会いました。

一目見た時から、この子は私と一緒だと感じました。きっとこの子も深い傷を持っていて、人に心を開けないのだと。律のすべてを諦めたような目を見ると、どん底にいた頃の自分を思い出してしまいます。

私は他人に心を開きたくても開けませんでしたが、律はきっと、自分の意思で開こうとしていないのではないかと感じます。その強さがとても素敵に見えました。

私はどうにもできなかったのに、律は自分で拒絶して、たったひとりで世界と闘っている。私には到底できないことです。

律に何があったのか、私は何も知りません。きっと、過去にとても苦しいことがあったのではないかと思います。私なんかでは、律の傷を癒やすことができないかもしれません。

心とは、器とよく似ています。大事なものを入れることができますが、壊れてしまえば二度と元の形には戻りません。

律は金継《きんつ》ぎというものを知っていますか。壊れた器の破片を漆で繋ぎ、金粉で彩る日本の伝統技術です。

壊れた欠片を寄せ集め、再び立ち上がらせる魔法。たとえ修復しても決して元通りにはなりませんが、その傷痕は、美しい輝きを放つ唯一無二の模様になるのです。これは、人の心も同じではないでしょうか。

深い悲しみを知った人ほど、澄んだ心を持っていると私は信じます。律はきっと、素敵な心を持っている人だと思います。だから、私は律ともっと仲よくなりたいです。

正直にいって、私はまだ人に心を開くのが怖いです。それなりに他人と接することはできていますが、内心では人に期待せず生きています。自分の心を守りつつ集団に適応するという点では、それが一番なのかもしれません。多分、多かれ少なかれ、みんなそうやって生きているんだと思います。

それでも、他の誰でもない律の心に近付きたいです。本当は迷惑に思っているかもしれないけれど、もっとお互いのことを知って、いつか大切な存在になれたらいいなと思います。

もし律がそれを拒んでも構いません。ただ、あなたの心を少しでも楽にするために、このカナシミチケットを渡しました。そこを回っていけばきっと、律の傷が少し楽になるはずです。余計なお節介かもしれませんが、大目に見てほしいです。

どうかひとりで抱え込まないでください。つらくなった時は、どうか私に話してください。私があなたの傷を癒やすことはできなくても、せめて一緒に背負えたらと思います。

律がいつか、心から笑える日を祈っています』

その声を最後に、カナシミチケットは粉々になり、強烈な閃光が視界を埋め尽くした。

気付けば、闇は晴れていた。心を凍てつかせる冷水に包まれているのに、柔らかな春の陽気が胸の奥から広がっている。

あかりは、すごい人間だと思っていた。人付き合いが上手くて、みんなに愛される子で、心が強くて。そういう性格も、今まで強い悲しみを感じずに生きてきたから、手にできているものだと思っていた。結局生まれ持った素質と環境によるものだ。そう自分に言い聞かせながら、彼女に嫉妬していた。

ところが、彼女も私と同じだった。深い悲しみに苛まれ、人が嫌いになり、それでも乗り越えて素敵な女の子になった。

私はなんて浅はかだったのだろう。彼女のことを何も知らないくせに、そういう人間だと決めつけていた。あかりには、あかりの悲しみがあったのに。傷の痛みを嘆く人間が、人の傷を軽んじていたなんて。

汀さんが言っていたことが、ようやく分かった。

きっとスタンプを集めると、どこかのタイミングで、そのチケットをくれた人からのメッセージが現れる仕組みなんだ。

最初から、私にはずっと愛してくれる人が側にいたんだ。

私が心を開きさえすれば、求めていたものは簡単に手に入ったんだ。

自分が不幸だなんて、とんだ思い込みだ。

「……恵まれすぎだよ」

本当に恵まれすぎだ。

くしゃりと笑って、再び光の中心へと泳ぎ出す。

何気ない言葉、感じ取ってしまう悪意。それらが蘇るたびに、本当の痛みを待ち望んでいる自分がいる。早くそれに触れたい。胸を張れる自分になって、たったひとりの友達を迎えに行くために。

あかりは、こんな私にも安らぎを祈ってくれている。その想いに応えたい。あかりのために、他でもない私のために。

止まることなく、円環の隙間をくぐり抜けていく。

そのまま中央の球体へと身を投じる。魚たちの外壁がはらりと崩れ、私の側を通りすぎていく。燐光が私の視界を青白く染め上げる。

ずるいよなあ。私はずるすぎる。

あかりの想いを知った上で向き合おうとするなんて、答えを見ながらテストに臨むようなものだ。こんなの、私が一方的に有利な心理戦じゃないか。

そう、あかりは私に想いを伝えてくれた。弱みを預けてくれた。

だからこそ、今度は私がそうしたい。

彼女に付けられる傷も、今なら愛せそうな気がする。

「見つけたよ」

ようやく、悲しみの核と対面する。

スピカのような彩りを見せるそれは、内部の空間で静かに私を待っていた。

その煌めき、流線型の身体、しなやかな尾。星の輝きを持つ魚。その子は、とても寂しがっているように見えた。

私が遠ざけて孤立させてしまったのだ。この子は、何も悪くなんてないのに。

ああ、綺麗だな。

いざ目の前にして、やっと分かった。

悲しみの光は、魚たちが流す涙なんだ。

「今まで、ごめんなさい」

目一杯の愛を揃えた指先へと伝え、手を伸ばす。

それに触れた瞬間、再び私は強烈な光に包まれた。

身体中を駆け巡る情動、骨の髄まで響く切なさ。これが、私がずっと恐れていたもの。

堰を切ったように涙が溢れる。悲しさと嬉しさが複雑に混ざり合うこの気持ちを、何といえばいいんだろう。

ああ、こんなに痛かったんだね。こんなに寂しかったんだね。

ごめんね、もう大丈夫だよ。何も怖くなんてないよ。だって、あなたはこんなにも素敵なんだから。

これからはずっと一緒だよ。もう絶対に手放そうとしたりしないよ。

　だからどうか、安心してね。

　あなたのことが、大好きだよ。


　水槽を覆い尽くしていた光が収束し、魚は一枚の板へと姿を変える。涙と悲しみが結晶化した、ささやかな、だけど世界一美しい、私のカナシミチケットへ。私はそれを大切に掴み、ありがとうと呟いた。

　魚たちの発光が終わる。指揮の時間が切れたらしく、彼らは列を崩して思い思いに泳ぎ始めた。水の色も初めて来た頃に戻っている。そこでようやく実感が湧いた。

　私、やったんだ。

　どこか夢心地でホール側へと戻る。身体に張り付いていた水は、ぱしゃりと弾かれるようにして落ちていった。暑い日にシャワーを浴びたような爽快感。心が晴れ晴れとしている。

　須波さんが拍手をしながら出迎えてくれる。

「おめでとう。立派だったよ。自分の悲しみと向き合い、受容する。君は今、本当にすごいことをしたんだ」

「須波さん……」

「本当に申し訳ない。さっきは随分と嫌な態度を取ってしまった」

帽子を取って全力で頭を下げる彼を、慌てて制止する。

「や、止めてください。私のためにしてくれたって分かってますから」

「ごめんね……毎回僕は最後のスタッフという立場上、そうしないといけなくてね。はっきり言ってとてもしんどい。性に合ってないんだ、こういうのは」

「大変ですね……」

「昔は汀さんがここの担当だったんだけどね。さすがにあの人みたいにはいかないな」

苦々しい顔をする彼を労ってから革靴を履く。ホールが少し明るくなったせいか、はたまた役目を終えたせいか、彼の雰囲気も当初に戻ったように感じる。

ようやく手にした心の結晶を見ていると、あかりのものとは違うことに気が付いた。彼女のは右端だけが透明になっていたけど、これは両端が透明になっている。

それに気付いた彼は、帽子を被り直して説明をしてくれる。

「君から見て左側の端。それをチョコレートみたいに折って切り離せば、君は現実世界に帰ることができる。そして、残った部分が次の人へのチケットとなるんだ。譲渡するには相手への想いを込め、心から渡したいと願うこと」

それを聞いて胸がじんと震える。あかりも、私にそうしてくれたんだ。他人が私のことを想ってくれる、それがどれほど嬉しいことか。

「……あかりも、ここに来てたんですね」

「悪いけれど、守秘義務があるから僕は何も言えない」

「そうか、それもそうですね」

納得してうなずく。むしろ、プライバシーを守ってくれることに好印象を抱いた。

「私、とっても馬鹿でした。ずっと自分が世界一不幸なシンデレラみたいに思って、全部を諦めているだけでした。本当は、手を差し伸べてくれる人がずっと近くにいたのに。いえ、私が見ようとしなかっただけで、今までにもそういう人がいたのかもしれません」

苦しかった頃を思い出す。中学三年生の時も、私を心配してくれた子はいたはずなのだ。あの時はみんなが敵に見えて、かけられる言葉を全部嘘だと思ってはねのけていた。

「つらい思いをした人がそうなるのは普通のことさ。決して自分を守ることが悪い訳じゃない。ただ、苦しいまま生きるよりも、楽になれるならそうした方がいいはずだ。気分は晴れたかい？」

「おかげさまで」

そう言ったその時、昔みたいな笑顔になっていることに気付いた。須波さんは満足そうに何度もうなずく。

「君はとても強くなった」

「人の言葉にただ感化されてるだけじゃないんですか？」

「ま、参ったな。勘弁してくれ」

彼はばつが悪そうに苦笑いする。それに私もくすりと笑う。冗談で人をからかうのが楽しい。これも長い間忘れてしまっていたことだ。

「私は今も弱いままですよ。それでもちょっとだけ変われたのは、色んな人たちが助けてくれたからです」

「自分を弱いと言えるのも、また強さだよ」

彼はそう笑って、ポケットに手を突っ込んだ。

「もうひとつだけ、君に伝えることがある」

須波さんはそこから何かを取り出し、私に手渡した。

それは海を固めたような材質でできた、ひとつのインク瓶だった。きちっと角が立った正方形の容器に、八角形の蓋が付いている。照明に青く透けるそれは、どうやら中身は入っていないように見える。

「綺麗……これは？」

「このカナシミ水族館で、君は悲しみとの付き合い方を学び、受け入れることができた。でも、必ずしも悲しみと向き合わなきゃいけない訳じゃない。もうひとつの方法は何だと思う？」

何だろう。他のスタッフたちと同様に、彼も道具を持っていた。でも、これをどう使うのだろう。それにパフォーマンスが終わってから出したということは、あの試練とは関係ないもの？

言葉から推測してみる。必ずしも向き合わなきゃいけない訳じゃない、ということは。

「……心のどこかにしまっておく、とか」

「厳密にいえば、悲しみを忘れてしまうことだ。今回は荒療治だったけれど、多少のつらい記憶や痛みは、長い時と共に薄れてなくなってしまう。無理して克服しなくても、そういうやり方だってある」

「でも、ずっと残り続けるものもありますよね」

「そうだ。そこでひとつ提案がある」

「提案？」

彼はすっと蓋の方を指差す。

「それを開封してボトルを水槽に入れれば、魚たちを吸い込んで、ずっとインクとしてしまっておけるんだ。魔物を封印する魔法の壺みたいにね。あとは蓋をするだけで、君はすべての悲しい記憶を忘れることができる。さあ、君はどうしたい？」

「これで……？」

不思議なインク瓶を眺める。悲しみを忘れてしまえる道具。

意地の悪い提案だ。こんなものがあるのなら、最初からそうしてくれたらよかったのに。

もしかしたら、今までの呪縛を解いて新しい私になれるかもしれない。

でも、今持っている記憶を忘れたって、生きていけば悲しいことに直面する。もう私には必要ない。この悲しみを背負って生きていくと決めたのだから。

「いらないです。もう、悲しみは私の宝物ですから」

ただ、このボトルに悲しみのインクが入っているところを見られないのが、少し残念だけれど。これに収めたインクは、一体どんな色になるのだろう。きっと綺麗なんだろうな。

「愚問だったね。余計なことをしてすまなかった」

彼はインク瓶を手に取る。私がこう答えるのも分かっていたのだろう。

「では、代わりにこれを」

彼がそう言うと、インク瓶は光に包まれて印章になった。あれ、ここでもスタンプをもらえるのかな。でも、もうカナシミチケットは割れて……あ、そうか。そういえば、私のチケットにはあのマークが刻印されていない。

小さな燐光が漏れ、カナシミチケットの中央にその模様が刻まれる。

「カナシミ水族館のシンボルマークだ。これで、自分の想いを中に保存する機能が付与された。手紙を閉じる封蝋のようなものだね」

「これを誰かに渡せば、この水族館に招待できるんですね」

「ああ、渡すも渡さないも君の自由さ」

少し考える。正直、ずっとこのまま持っていたい。でも、世界のどこかには、きっと私と同じような人がいる。もしその人たちと出会えたなら、この宝物を渡すことにしよう。きっとそうするべきだと思う、いや、今ならそう思えるから。

「これはチケットですけど、手紙でもありますから……やっぱり、手紙は相手に渡してこそ、ですよね」

「そうだね。僕もそれがいいと思う」

そろそろ、元の世界に帰る空気ができている。今までのことを思い出す。

私を励ましてくれたタクトくん。人は変われると証明してくれたつつみさん。大事なことを教えてくれた汀さん。そして、嫌な役回りを買ってまで、私を試してくれた須波さん。

「本当に……ここに来なかったらどうなってたか。いくら感謝しても足りません。カナシミ水族館のことは一生忘れないと思います。私、そのっ……」

気持ちを言葉に変えるたびに、別れがつらくなってしまう。スタッフさんたちに、私はとても大切なものをもらった。想いはお金に換えることができない宝物。私にはもったいない言葉をたくさんもらった。それなのに、お世話になるばかりで、私は何も返せていない。それが悔しくてたまらない。こんな素敵な人たちに、私は、何も。

「律さん」

ぎゅっと、彼が抱きしめてきた。

どきっとして身体が強張る。けれど、すぐに緊張がほぐれていく。

これは変な意味でやってるんじゃない、ただただ相手を想う純粋な抱擁だ。安心感が心を満たし、安らかな気持ちになっていく。

大切なものは私たちの中にある。それを上手く取り出せない時は、ただこうするだけでいいのかもしれない。

朝焼けみたいな色の声で、彼は丁寧に言葉を綴る。

「苦しい時は思い出して。もう会えないけれど、この先何があっても僕らは君の中にいる。だからどうか恐れないで。君は、こんなにも綺麗なものを持っているんだから」

「……はい」

ぎゅっと抱き返した。ありったけの想いを力に変えて。この心を忘れてしまわないように。

ようやく離れると、須波さんも少し寂しそうな顔になっていた。ああもう、そんな顔を見せられたら、もっとここにいたくなってしまう。けれど彼はにっと笑って言った。

「さあ、旅立ちの時だ」

爽やかに促され、私は薄氷のようなそれを両手で構える。

最後に、なんて言えばいいだろう。気持ちはもう伝え合った。これ以上あれこれ言うのも無粋な気がするし、何だかんだで別れを先送りにしてしまう気がする。だって、この水族館は私にとって特別なもので、でも二度と入場できないもので。

水槽を泳ぐ魚を見つめる。記憶が薄れてしまわないように、その美を心に刻みつける。
別れはたった一言でいい。ありがとうはもう散々伝えたし、別の言葉にしよう。
彼らが望んでくれることに対する、相応しいあいさつを。
「いってきます」
「ああ、いってらっしゃい」
そう言って、私はさよならの合図を鳴らした。
青い閃光が空間を染め上げる。
タクトくん、つつみさん、汀さん、須波さん。
この人たちに会えたおかげで、私は悲しみを受け入れることができた。
お別れは寂しいけれど、消えるのが惜しいと思えるような関係を築けたことが幸せだ。
だから、今はただ、そっと感謝を捧げよう。

愛しい私の悲しみに。

6．海色の手紙

蝉が鳴いている。

終業式を終え、生徒たちは晴れやかな顔で歩道を歩いている。燦々とした日光が惜しみなく地上に降り注ぎ、風が吹いては街路樹の葉をさらさらと鳴らした。今日は湿気がなくてからっとした晴天だ。少し風が強いおかげで、涼しくて過ごしやすい。

隣を歩くあかりは、何事もなかったかのように振る舞っている。私もいつものように接している。

ただ以前と違うのは、あかりの厚意を息苦しいと感じず、嬉しいと思うようになったこと。この子と一緒にいたいと思えるようになったこと。

「夏だねえ」

太陽を見上げてあかりは目を細める。

夏が綺麗なのは、やっぱりお日様のおかげなのだ。光がすべてを照らすから、その美しさに気付くことができる。あまりにも当たり前すぎて、私はそのありがたみを忘れてしまっていた。

「うん」

どこまでも高い空。雲ひとつない青天だ。青は綺麗な色だ。静かで、切なくて、心が落ち着く色。

真っ青な空を見て、自分の視界とは不思議だと思う。深い空の色が素敵だと思うものの、これを写真に収めればどうだろう。太陽も雲も写らないそれは、空ではなくただの青色になってしまう。

写真を撮るということは、画面内のものを保存すると同時に、画面外のものを切り捨てるという行為でもある。見たいものだけを見ることができるけれど、代わりにそれ以外のものを見落としてしまう。いつのまにか私は、大事なものを切り捨てて嫌なものだけを見るようになっていた。どうせ何もないと思って、どんどん自分で自分の視野を狭めていた。

世界は相も変わらず荒々しいけれど、素敵なものが一切ない訳じゃない。喜びが存在しない世界と、どこかにあるかもしれない世界。小さな可能性が確かにあると思えるだけで、生きる意識が全然違ってくる。

私たちの隣を、三人の男子生徒が追い抜いていく。追い越しざまに、夏休みの計画を楽しそうに話し合っているのが聞こえた。随分と仲がよさそうな彼らも、内には悲しい記憶をしまっているのかもしれない。

彼女は憂鬱そうな顔で纏めた髪を振る。

「はー、とりあえず律を見習って宿題を終わらせないとなあ。読書感想文って昔っから苦手なんだよね。今年もあらすじ書いて文字数ごまかさないと」

「何の本にするの？」

「全然決めてない。あんまり難しいのは嫌だけど、ド定番すぎてもネットの感想を写しただろって言われるだろうしなー。他の子と被りそうだし」

「あかりって、どんな話が好き？」

そう質問を投げかけると、あかりは少しびっくりしていた。それから、首を捻って考える。

「うーん、リアルすぎるのよりも、ちょっとファンタジーっぽい話とかが好きかな」

「……私のおすすめでよかったら、貸そうか」

そう提案すると、あかりはきょとんとした。

「いいの？」

「うん」

「律さんのおすすめかー。どんな話だろ、楽しみっ」

爽やかに笑う彼女とは裏腹に、私は緊張でそれどころではなかった。

いつ切り出そう。このままじゃいつもの流れで駅まで着いてしまう。どこか、落ち着いて話せる場所に行かないと。

「喉渇いたから、ちょっと寄っていい？」

「ん？　いいよー」

本当は喉なんて渇いてないけれど、そう言って私たちは駅への一本道を外れ、狭い住宅街へと入っていく。学生たちの喧騒が離れていき、蝉の声さえも遠のき、まるで世界には私たちしかいないような気分になる。

まだ花が咲かない金木犀の生け垣の先に、円いメッシュのゴミ箱とふたつの自動販売機が並んでいた。特に何かを飲みたい訳じゃないけれど、とりあえずサイダーを購入する。あかりはアップルティーを選んだようだ。

緊張をなだめるために甘い炭酸水を口にする。冷たい水が喉を潤し、炭酸が不安を弾き飛ばして……はくれなかった。

やっぱり、怖いものは怖い。あのチケットに込められていた想いも、いつのものか分からない。あの出来事が起こる前の気持ちかもしれないし、謝っても、余計に悪い結果になるかもしれない。

それでも、今の関係を進めたいんだ。

心の羅針盤が導く方へ。

胸の中で心臓が世界の終わりみたいに騒いでいる。その時が迫るごとに激しさを増していく。自分の鼓動で身体が壊れてしまいそうだ。うう、何だか吐き気もしてきた。

あの時のあかりも、こんな気持ちだったのかな。

サイダーを鞄にしまい、軽く息を吸ってから、その覚悟を決める。

言え、言うんだ。

私は、あかりと——。

「あ、あかりっ」

「ん、何だい？」

切羽詰まった声が出たが、彼女は特に気にする様子もなく聞いてくれる。

大丈夫、たとえ望まない結果になったって、その痛みの根幹はもう知っている。

だから、ほんのちょっとでいい。

今日、何かを変えられる私に。

「その、金曜日……ごめんっ！」

大きな声で叫び、頭を下げる。

「え、どうしたの急に。いいよそんな、私がちょっと調子に乗っちゃっただけだし」

「ううん、あかりのせいじゃない」

この期に及んでも、自分のせいだと言う彼女。あなたは何も悪くなんかないんだ。それを証明するために、心の内をさらけ出す。

「あのね、私、人が怖かったの。だから誰とも仲よくならないようにしてた。でもね、あかりが嫌いなんじゃないよ。あの時、あかりの気持ちを踏みにじって……ごめんなさい」

「律……」

その謝罪に、あかりは眉を八の字にして顔を曇らせる。

「私の方こそごめん。律が人と関わるのが嫌だって分かってたのに、それでも律が嫌がることをしちゃった」

「そんな、謝らないで」

ああ、やっぱりあかりは悩んでいたんだ。それを申し訳なく感じると同時に、とても嬉しく思う。彼女は、私のために自分の発言を気にしてくれていたんだ。そんな彼女だからこそ、受け入れたいと思う。

伝えたい言葉は、ごめんねだけじゃない。

「私、考えたんだ。今まで私はずっとあかりに甘えていたんだなって。自分の中に閉じこもって、あかりが話しかけてくれるのを待っているだけで。そんなの、ぬいぐるみと何も変わらないよ。だから、だから、だからねっ」

ドクン。心臓が一際大きな音を立てる。

想いが喉のすぐ側までせり上がる。

一瞬、心のどこかを一匹の魚がよぎった気がした。

真っ直ぐ、あかりの目を見てその想いを伝える。

「私と、本当の友達になってくれませんか」

世界がぴたりと停止した。

その一瞬の遅れを取り戻すかのように、一陣の風が通り抜けた。

私の世界を変える風。

その風は、大切な存在を運んできてくれた。

「律……！」

視界があかりで埋め尽くされる。彼女の腕が私をしっかりと抱きしめている。それを自覚した瞬間、私は悟った。

ああそうか、私たちは本当の友達になったんだ。

見えない繋がりが円環を成し、確かに私たちを囲んでいた。きっと今、私たちは透明な魚群の輪に包まれているのだと思った。

言葉は必要ない。私のすぐ側には彼女の心がある。あかりの体温が凍てついた心をほぐしてくれた。私を締め付ける両腕から、あかりの想いが伝わってくる。もう、胸の痛みは感じない。心が楽だ。

何だか、涙が出てきた。ようやく離れると、あかりも泣いていた。朝露のような涙を流して笑う彼女に、私は美しさを感じた。悲しくて流すものじゃなくても、涙は青空に透けるビー玉のような輝きを持っている。

ああ、よかった。

「……ふふ」

「どうしたの？」

嬉しそうに笑うあかりに、私は質問してみる。

「律の笑顔、初めて見た」

「えっ、そうか……そうだね」

少し恥ずかしく思うと同時に、やっとあかりの前で心から笑うことができた、という喜びが湧き上がる。随分と待たせてしまったな。これからは、一緒にたくさん笑い合いたい。今までの時間を取り戻すくらいに。

「ねえ、一緒に写真撮らない？」

そう提案すると、彼女は眉を上げて目をぱちくりさせた。

「……いいの？　その、律って撮られるの嫌かなって思ってたんだけど」

「もういいんだ。今はあかりと一緒に写りたいの」

「そっか、じゃあ撮ろう！」

肩を寄せ合って、合図と共に今の私たちを写真へと変える。

そして、その写真をふたりで見てみる。そこには、満面の笑みでピースサインをするあかりと、微妙に目線が合っていない私の顔が写っていた。いつもより顔も大きく見える。

「あははは、変な顔！」

「し……仕方ないでしょ！　撮られるのに慣れてないんだから！」

「やれやれ。お姉さんが教えてあげよう。顎を引いて、ここを見るんだよ」

「こ、こう？」

言われるがままにそうして、もう一度撮ってみる。綺麗な笑顔のふたりがそこにいた。先ほどのぎくしゃくした顔とは大違いだ。

「お、可愛い可愛い」

「送るね」

「はーい」

指を動かしながら口角を上げる。まさか、あかりに写真のことを教えてもらうなんて思ってもみなかったな。

一枚目の失敗作も、消さずにきちんと残しておく。これは初めてあかりと撮った、大切な思い出だ。今まで誰も写してこなかった私の画像フォルダ。これからは、ふたりでたくさんの写真を残せたらいいな。

もうすぐ夏のフォトコンテストの募集が始まる。ずっと挑戦する勇気を持てなかったけれど、今年は挑戦してみよう。送るのは、ふたりで訪れる場所の写真がいい。きっと、素敵な写真が撮れる気がする。

幸運にも明日から夏休みで、私たちには自由がある。ひとりならやりたいことなんて限られているけれど、ふたりでなら。

うわ、本当に何でもできそうだ。根拠のない全能感とそわそわが止めどなく溢れてくる。こんなのもう、勉強なんてしてる場合じゃない！

そっか、夏が始まるんだ。

今まではそんなに好きじゃなかったけれど、あかりとなら、この季節も好きになれるかも。

今も私の中には、悲しみが結晶化した一枚のチケットがある。

それは、人と人を繋いでくれる魔法の道具。自分の心と向き合うための、不思議な水族館へと連れていってくれる招待状。そして、相手に気持ちを伝えるための、世界で一番綺麗な手紙。

もしこれから先、悲しみに落ち込んでつらい思いをしている人と出会ったら。

その時は、あなたは素敵だよってことを伝えるために、私の悲しみを贈りたい。

再び私たちは住宅街を歩き出す。遠くから聞こえる蝉の声が、段々音量を増していく。

私たちの夏が、すぐそこにある。

「ねえ、夏休みさ、色んなところへ行こうよ」

「いいの？」

「あかりとならいいよ」

「へへ、そっかあ。何しようかな、まずはどこに行きたい？」

「うーん」

少し考える。とりあえず思いつきを口にしただけで、具体的なイメージが浮かばない。やりたいことなんていくらでもある。一緒にたくさんの思い出を作りたい。海とか、一緒に行ってみようかな。

そうだ、私たちにとって、重要な意味を持つ場所があるじゃないか。

彼女への感謝を伝えるためにも、それを提案する。

「じゃあ――最初は水族館がいいな」

「えっ……？」

足を止めて、私は大切な友達に微笑んだ。

「今度は、ふたりで一緒に回ろうよ」

それを聞いた彼女は息を吞んで、それから泣きそうな目になって、最後に、とびきりの笑顔をひとつ。

「いいねっ！」

私たちは笑いながら、再び雑踏に向かって歩いていく。

ふたりで浴びる夏風が、何だか無性に心地いい。
爽快感に目を閉じ、そっと心へ意識を向ける。
心臓に残るその軌跡が、悲しみ色の輝きを宿していた。

番外編　青雲の志

白い壁に囲まれた十二畳の部屋には、食欲をそそる香りが立ちこめていた。

中央のロングテーブルにはキッシュなどの様々な料理が並び、その側にはL字型ソファやクッションが配置されている。今日はスタッフたちがお疲れ様会を行うのだ。

「お待たせしました〜」

洗い物を終えた沢渡つつみが、フローリングの上を歩いてきた。淡い水色のラグの前で止まり、スリッパを脱いでそそくさと移動する。

「もう飲み物は行き渡ったかな？」

ラグの上であぐらをかく須波月人が周囲に目を向ける。サポートスタッフを含め、部屋にいる全員がグラスを手に取っていた。

クッションに座った隣の入瀬タクトが、もう待ちきれないといった目をしている。月人は小さな咳払いをした。

「また、みんなのおかげでこの水族館の役割を完遂することができました。今回もお疲れ様でした、乾杯！」

グラスがぶつかる音が鳴り、各々が料理に手を伸ばす。

切り分けられたキッシュをがぶりと頬張ったタクトは、ぱっと目を輝かせた。

「美味しい！」

「本当？　よかった」

向かい側のソファに座るつつみは、へにゃりと安心した笑顔を見せる。その隣の汀定利が、一口食べてからうんうんとうなずいた。

「しらすをトッピングしたのですね。アパレイユとしらすの風味がよく合っておりますよ」

「ありがとうございます」

「アパレイユ……？」

言葉の意味が分からず不思議そうな顔をするタクトに、つつみは「卵液のことだよ」と教えてあげた。彼は納得して再びそれにかぶりつく。

「それにしても、つつみさんは随分と成長されましたねえ」

「えっ、あたしがですか？」

しみじみとした定利の発言に、彼女は思わず両目を見開く。

「初のパフォーマンスを成功させたこともあってか、はっきりとした自信が形成されたように思います。以前のあなたとは別人のようですよ」

「いや、そんな……」

首を横に振る彼女に対し、周りのサポートスタッフたちが口々に言う。

「確かに、なんか前より堂々としてる気がするね」

「俺も……変わったと思う」

「沢渡さんはもう立派なメインスタッフですよ！　あとメシめっちゃうまいです！」

褒められ慣れていない彼女は、そのもどかしさに顔を赤らめる。

「りっ……律さんのおかげです。あの人のおかげで成功させることができたんです」

「だとしても、だよ」

そう言った月人は、空になったグラスを机に置いた。

「一度成功を経験するのとそうじゃないのとでは、見える世界が全然違ってくる。もう君は殻を破ったんだ、何が起きても大丈夫さ」

「須波さん……」

「ほお、なかなからしいことを言えるようになりましたね」

その言葉を聞いた定利がニヤリと笑う。

「弟子の立派な姿を見られて、私は感無量ですよ。いやはや懐かしいですねえ、初めて第一ホールの役目を終えた時などは……」

「ほら汀さん、このタイのカルパッチョも美味しいですよ！　さあどうぞ！」

彼は師匠の言葉を強引に遮り、料理の皿を差し出す。薄切りの白身が盛られたカルパッチョ。皿の白にオリーブオイルの黄色が目に鮮やかだ。ほんのりと香る柑橘系の香りに、定利はふんと鼻息をつく。

「仕方ないですねえ、つつみさんの料理に免じて流されてあげましょうか」

「助かった……ありがとうつつみさん」

「は、はぁ」

疲れ切った声で礼を言う月人に、彼女は何ともいえない表情を浮かべる。

手元のキッシュを食べ終えたタクトは、定利のグラスを眺めて尋ねた。

「利じいは毎回お酒を飲んでるよね。そんなに美味しいものなの？」

「おや、興味がおありで？　では一口だけ……」

「いや駄目に決まってるでしょ。何考えてるんですか」

グラスを渡そうとした師匠を、弟子が即座に止める。

「ほっほっほ、冗談ですよ。大人になってからのお楽しみです。お酒の味が分かるようになるのも、なかなか時間が必要なのですよ」

「そうなの？　最初から楽しめる訳じゃないんだ」

「私も最初は苦手な方でしたが、今ではご覧の通りです。何事も挑戦しなければ成長はできません。ねえ月人？」

くるりとこちらに顔を向けた老人に、彼はわさびを頬張ったような顔をする。

「いや……僕は飲みませんよ。この前だって飲みましたし」

「そうですか……ところで、何かこの料理を見て気付くことはありませんか？」

「え？」

月人とタクトはテーブルの皿に視線を向けた。カプレーゼ、キッシュ、サラダ、カルパッチョ、アクアパッツァ……華やかな料理がずらりと食卓に並べられている。

「洋食……？　その、手間がかかっているなと」

「美味しそう」

「それも正解ではありますが」

それぞれ答えたふたりに対し、彼は手にしているグラスを小さく掲げる。

「どの料理もお酒に合うものばかりです。彼女は我々のことを考慮し、相性のいいものを作ってくれているのですよ。そんなつつみさんの心配りを無下にするのは……いやはや、いかがなものか」

「ぐっ……そうなの？」

「はい。一応、念のためにと思って」

少し肩を竦めてはにかむ彼女に、月人は腕組みをして眉間に深い皺を寄せる。

その葛藤を見逃さず、老獪な紳士はさらに攻め立てる。

「せっかく取り合わせを考え、一生懸命作ってくれたというのに……つつみさんの思いやりはどうなるというのでしょう」

「切ないっすね！」

大袈裟なほど残念そうに首を振る定利に、サポートスタッフの少年も同意する。

「須波さん、大丈夫ですよ全然っ……私が勝手にしたことですし」

「うっ……」

フォローに入ったつつみの純粋な優しさが、月人の良心をぐさりと刺す。これなら糾弾された方がよほどましだ。何だか自分がとんでもない人でなしのように思えてくる。

「はっ」

ふと右へ視線を戻すと、空だった彼のグラスに酒が注がれている。話の終着点を先読みしたサポートスタッフの男性が、最終的に飲むことを見越して気を利かせてくれたのだ。

もちろん、これも純粋な善意によるものだ。悪意なき気遣いの連鎖が、リーダースタッフを追い詰めていく。

「食事を楽しんでもらえたら、私はそれで……」

「ううむ、つつみさんの健気さが胸を打つようですねえ」

「あーもう分かりましたよ畜生！」

半ばヤケクソになり、月人は喉を鳴らして酒を飲み干した。

「うわっ全部飲んだ」

その飲みっぷりに、サポートスタッフの少女は眉をひそめる。

「……うまいっ！」

こたえられないといった表情で、彼は腹の底から声を絞り出した。リーダースタッフとして自制するよう心がけているが、彼も酒自体は好きなのだ。

やがて、五分もしないうちに彼の頬は赤らんでしまう。次第にうまいうまいと繰り返しながら、彼は再びグラスに酒を注ぎ始めた。

「うへ、もう二杯目飲むの？　弱いんだから水にしときなよ」

タクトの忠告に、月人は心配無用と新たなアルコールを摂取する。

「なんか……今日はいけそうな気がする」

それから、しばらく楽しい会話に花が咲き、そろそろ宴の終わりが見えてきた頃。

言うまでもなく、すっかり彼はできあがってしまっていた。

「いや～うまかったなあ。いつもありがとうつつみさん」

「いえ、こちらこそ」

隣のタクトとがっしり肩を組み、彼は嬉しそうに笑う。

「タクトも偉いぞ。今回もばっちりパフォーマンスを決めたみたいだし」

「酔っ払いに褒められても嬉しくないんだけど」

「イワシのパフォーマンスは難しいんだよ。どうしても複雑な動きをさせようとすると、頭がこんがらがってさ。タクトはすごいなあ～」

「マジうざい……」

右手で頭をわしわしと撫でられ、彼はげんなりとしながら身体を揺らされる。

どうしてこの青年は、いつも面倒な絡み方をしてくるのだろうか。同じ大人でも、定利とは月とすっぽんだ。将来の自分がはたしてどちらになるのか、彼は想像してため息をついた。絶対にこんな酔っ払いにはなりたくない。

「僕だけじゃなくてさ、ほら、みんなだって頑張ってるでしょ」

「そうだ、確かにその通り！」

眉をぎゅっと引き締め、月人は力強く同意する。

「サポートスタッフのみんなも、いつもありがとう！」

「げっこっち来た」

矛先を変えた酔っ払いを、彼らは何とか牽制する。そんな小競り合いを見ながら、襲撃を免れた者は後片付けを始めることにした。

「結局……こうなるんですね」

「あはは……」

そう呟いたサポートスタッフの男性に、つつみは苦笑いで返す。定利が酒を勧めた時点で、こうなることは分かっていたのだ。そんな彼らに対し、定利はにこやかな顔で言った。

「彼は真面目ですから、こうやって時々ガス抜きをさせた方がよいのですよ」

「そういうものですか」

「そういうものです」

納得したふたりは、連携して洗い物を進めていく。

最後のホールのプレッシャーは、一体どれほどのものなのだろう。それが分かるのは、長年そこを担当していた定利だけだ。

カナシミ水族館を訪れた人間の心と、真正面から向き合わなければならない役目。一歩言葉選びを間違えれば、相手の心をめちゃくちゃにしてしまうかもしれない。それには想像を絶する責任と重圧があるはずだ。定利は弟子で遊んでいるように見えて、ちゃんと彼のことを心配しているのだ。

「あの」

やがて、少し遠慮がちな声でつつみが想いを明かす。

「あたし、メインスタッフになるのが怖かったんです。正直、自分が前に出るのは嫌だってずっと思ってました」

「……え」

「ほう」

明かされる本心に、定利と男性はそれぞれの反応を取る。つつみは目を伏せて続けた。

「この水族館に来る人と接するのも不安ですし、本番で失敗するのも考えただけでぞっとして……」

「そうでしょうねえ。何事も初めの一歩を踏み出す時は恐ろしいものです」

「……裏方の俺には何も言えませんが、きっと計り知れないプレッシャーなんだと思います」

彼女は手元に視線を落としたまま、すっと口角を上げる。

「でも、自分のパフォーマンスで律さんが感動してくれて……ほんの少しでも前を向けるようになったその時、なんていうか……心の底から嬉しかったんです。あたしはこの瞬間のために、今まで必死で頑張ってきたんだなって」

そこで彼女はすっと顔を上げ、芯の通った声で言った。

「だから、これからも頑張ります。メインスタッフとしての自覚と誇りを持って、この水族館に来る人の心をすこしでも楽にできるように」

それを聞いた定利は、喜ばしい表情でうなずく。

「ほっほっほ。ええ、励まれるがよろしい。期待しておりますよ」

「……あなたがとても眩しく映ります」

彼の言葉通り、つつみは屈託のない笑みを浮かべた。

一方その頃、向こうではまだ月人の感謝が続いていた。

「君らも大変だろう。いつもいい仕事をしてくれてありがとうなあ」

「もう充分伝わったから離れてって須波さん！」

「タクトくーん！　助けてください！」

「……僕も片付けとか手伝わないと」

「薄情者！」

そそくさと背を向けて机を拭くタクトを責めながら、サポートスタッフの少年少女は、月人の拘束から逃れようともがく。

洗い物を済ませたつつみたちは、遠巻きに微笑ましい目で眺めていた。

やがて、掃除を終えたタクトがやってくる。

「ん？　どうしたのみんな。なんかニヤニヤして」

「ううん、何でもないの」

首をかしげるタクトに、彼女は手を小さく振る。

「さて、そろそろあの酔いどれを止めにいきましょうか」

「……ですね」

男性陣が月人の方へと歩き出す。

いつだって、彼女はその背中に隔たりを感じていた。誰もがスタッフとして、自分にできることを精一杯やっている。みんなは許してくれるけれど、自分は頑張っても失敗ばかりの人間だ。こんな素敵な人たちの中に、自分なんかが交ざっていていいのだろうか。ずっとそんな疎外感を抱えて、一歩引いた位置に立って彼らを眺めていた。

だが、今は違う。

自分はここにいていいのだと、私も立派なカナシミ水族館の一員なのだと、心からそう思うことができるのだ。

つつみは隣のタクトの方を向いて話しかける。

「ねえ、タクトくん」

「うん？」

「あたしね、ここのみんなのことが大好きだよ」

彼はちょっとだけきょとんとしてから、やがて嬉しそうに笑った。

「知ってるよ」

照れくさくなったのか、彼は一足早く先へ行ってしまう。

「ほら、いい加減にしろ月にい！」

つつみもまた、仲間たちの許へ駆け寄っていった。

あとがき

初めまして、夕瀬ひすいと申します。

このたびは「カナシミ水族館」を手に取っていただき、誠にありがとうございます。

小さな頃から、水というのは綺麗なものだと感じておりました。

そして、その世界で暮らす魚の美しさが、私の目には大変素敵なものに映りました。

残念ながら、人は水中で暮らすことはできません。

どれだけ綺麗な場所に見えても、実際は人間にとって大変苦しい世界です。

だからこそ、その世界で生きて進み続ける魚に、私は光を見いだしているのだと思います。

「カナシミ水族館」は、私が美しいと思うものを集めて生まれました。

この物語がこうして本という形になったことは、本当にありがたいことです。

本作品が誰かの心を潤すことができたら、これほど嬉しいことはございません。

執筆をするほどに、水族館とは素敵な場所だと再確認することができました。

海に行かなくても生きた魚を眺めることができるのは、素晴らしいことだと思います。

こんな夕瀬ですが、実はそこまで頻繁に水族館を訪れたことがありません。

本作品を書き終え、これからたくさん行けたらいいなと思っています。いつか全国の水族館を巡ってみたいものです。

素敵なイラストはｃｈｏｏｃｏ様に描いていただきました。

青色の表現と光の色彩がとても綺麗です。特に、床と制服の背に映る光の加減が素晴らしいと思います。

最後に、初めての書籍化の私に様々なことを教えてくださった担当編集者様、私の至らぬ点を正してくださった校正者様、他にもこの本に関わるすべての方に、心より感謝申し上げます。

どうか、皆様の心に柔らかな光がありますように。

夕瀬ひすい

ことのは文庫

カナシミ水族館《すいぞくかん》

心《こころ》が泣《な》き止《や》む贈《おく》り物《もの》

2024年4月28日　初版発行

著者　夕瀬《ゆうせ》ひすい
発行人　子安喜美子
編集　田中夢華
印刷所　株式会社広済堂ネクスト
発行　株式会社マイクロマガジン社
URL：https://micromagazine.co.jp/
〒104-0041
東京都中央区新富1-3-7 ヨドコウビル
TEL.03-3206-1641 FAX.03-3551-1208（販売部）
TEL.03-3551-9563 FAX.03-3551-9565（編集部）

本書は、小説投稿サイト「エブリスタ」（https://estar.jp/）に掲載されていた作品を、加筆・修正の上、書籍化したものです。
定価はカバーに印刷されています。

ISBN978-4-86716-559-1　C0193
乱丁、落丁本はお取り替えいたします。